Éditions Du Zebrycorne

Graalgard 1

Les Arènes de Solarys

et d'autre récits

Magazine Fantastique

janvier — 2023

© 2023 Éditions du Zebrycorne
Chaussée de Valenciennes 137
7801 Irchonwelz — Belgique

Illustration de couverture : Brice Cumin
ISBN : 978-2-931210-28-4

Dépôt légal : Janvier 2023
D/2023/15459/02

Brice Cumin — un illustrateur dont vous êtes le héros

Brice Cumin, ce nom ne vous dit peut-être rien, mais si vous avez la chance d'avoir connu les aventures du Loup Solitaire, des Défis Fantastiques et des autres aventures dont vous êtes le héros, vous vous souviendrez peut-être des « pochades » librement inspirées des couvertures et des illustrations de ces récits, proposés sur instagram et facebook.

Mais Brice Cumin est bien davantage qu'un fan d'aventures doué pour le dessin, c'est un remarquable artiste qui s'inspire autant des grands classiques de la fantasy et du fantastique que des paysages de sa Bretagne.

https://www.instagram.com/les_pochades_de_brice/
https://www.facebook.com/pochadesBriceCumin

Sommaire :

Premier tome de la Malédiction des Quatre-Terres, Morteterre raconte la quête de Mylia et Fingar qui cherchent à contrer la terrible malédiction qui frappe ce continent, transformant les morts en zombies dociles exploités par un roi cruel et mystérieux... Lèveront-ils la malédiction à temps ou précipiteront-ils le destin des Quatre-Terres ? Un univers novateur et riche, des personnages attachants, de l'action : oserez-vous entrer dans ce monde étrange ou chaque continent souffre d'une malédiction différente ?

Le Danseur au javelot

Première partie
Vendarion d'Orépée

Chapitre I — Les Arènes de Solarys

Zandos n'eut que le temps de se jeter sur le côté, le berzerker picte était déjà sur lui. Sa lourde épée d'acier fendait l'air tandis que l'elfe noir esquivait ses attaques. Après quelques passes d'armes infructueuses, le picte montra des signes de fatigues. C'est le moment qu'il attendait.

Une fois de plus, le berzerker se rua sur son adversaire l'épée levée, mais cette fois, au lieu d'esquiver, Zandos se jeta sur lui, le glaive en avant, et lui transperça la gorge avant qu'il n'ait le temps d'abattre son épée.

Le guerrier s'écroula, l'elfe noir cracha sur le cadavre.

— Raclure de picte ! grogna-t-il avec mépris.

Tuer les humains lui procurait toujours autant de plaisir.

Mais un hurlement d'agonie gâcha son plaisir, et il comprit que son frère Jelkar venait de mourir.

Cet imbécile n'aurait jamais dû défier l'elfe sylvain.

Une voix résonna dans l'arène :

— Zandos le Nadzirdar[1], le tueur de bretons, remporte le premier combat. Oxidor Trucidel d'Iril-Ranor[2], le fléau des Nadzirdari, remporte le second combat. Une ovation pour vos héros !

____

1 Nadzirdar (pluriel : « nadzirdari ») : peuple d'Elfes corrompus à la peau noire d'ébène.

2 Iril-Ranor : « forêt de Ranor » en Elfique, d'où dérive le nom d'Irildar (pl. Irildari) qui désigne les Elfes Sylvains.

La foule réagit mollement à ces premières mises à mort. Les combats avaient été trop rapides.

Pendant une fraction de secondes, les deux elfes croisèrent leurs regards haineux. Zandos passa sa main sur la gorge en tirant la langue tandis que l'elfe sylvain fit mine de le viser avec son glaive. Cette provocation lui valu un coup de trique.

— Les menaces armées sont interdites en dehors des combats. Quittez le terre plein.

Quelques sifflements se firent entendre, sans qu'on sache si leurs auteurs en avaient après le gladiateur ou après l'arbitre.

L'elfe sylvain s'éloigna et croisa un gladiateur alvorc[3] qui lui adressa un signe amical. Les deux guerriers firent claquer leurs mains.

L'elfe se tourna vers l'arbitre.

— Sommes nous hors de la zone des combats ?

— Ça se voit, non ?

L'elfe sylvain se retourna vers l'arbitre lui asséna un violent coup de poing dans la figure, il ramassa son fouet, le lança au deuxième arbitre et lui présenta sa poitrine nue en souriant. Le second arbitre jugea plus prudent de reculer, ce qui déclencha l'hilarité du public.

— Fais quand même gaffe ! murmura l'alvorc. Un jour, tu tomberas sur un crétin qui te fera marquer au fer rouge.

— Aucun risque, répondit Oxidor. Je vaux bien trop cher. C'est à toi de te méfier, ces Nadzirdari sont plutôt vicieux.

C'était une journée ordinaire dans les arènes de Solaris. L'amphithéâtre pouvait accueillir vingt cinq mille spectateurs, mais il y en avait à peine trois ou quatre mille, à qui l'empereur avait exceptionnellement accordé le droit d'occuper les loges seigneuriales pour qu'ils profitent du spectacle à l'abri du soleil.

L'elfe sylvain attarda son regard sur ce public qu'il méprisait d'autant plus qu'il était l'objet de leur admiration. La voix de Skazat le tira de son observation. Le laniste[4] était

---

3 « alvorc » : créature de sang mêlé dont un des parent est orque.

4 Laniste : propriétaire d'une écurie de gladiateurs.

en grande conversation avec les arbitres et, après quelques palabres, une bourse d'or changea de main pour soulager les egos et les visages meurtris.

— Tu me coûtes une vrai fortune ! S'exclama Skazat en se tournant vers lui.

Oxidor se contenta de hocher la tête.

— mais tu me rapportes bien davantage ! Chaque fois que tu fais l'imbécile en public, ils en redemandent, ils jettent un peu plus de pièces et ils réclament de nouveaux combats. Même si tu les méprises, même si tu détestes l'empereur, ses arènes et ses gardes chiourmes.

L'elfe resta silencieux et concentra son attention sur les combattants. Zaragh affrontait un agile guerrier nadzir en armure légère tandis que son compagnon, un breton récemment capturé appelé Robin, était opposé à un combattant beaucoup plus massif, armée d'une épée à deux mains et portant une armure à pointes.

Le laniste s'était approché, il était assez près pour murmurer sans que personne d'autre ne l'entende :

— Je crois même que tu me détestes moi aussi... malgré tout ce que je fais pour toi. Mais nous avons tout deux un intérêt commun : que tu vives et que tu saignes tes ennemis le plus longtemps possible.

— C'est vrai, répondit Oxidor sur le même ton. Je crois bien que je vous déteste un peu... mais on en reparlera quand je serai libre.

Skazat se mit à rire.

Les cliquetis métalliques s'interrompirent et une trompe de guerre se fit entendre pour annoncer la fin des combats.

— Pauvre Robin ! murmura Oxidor.

— Ce misérable m'a coûté deux cent pièces d'or, gémit Skazat. Et il crève sans rien rapporter, même pas une mort digne de ce nom... regardez comme il se traîne.

Il fit signe à un garde vêtu d'une cape sombre et au visage maquillé d'une tête de mort. L'homme prit un trident, se dirigea vers le blessé et l'acheva d'un coup sec.

— C'est comme ça que tu finiras, promit Skazat. Ne te fais pas d'illusions... ah, Zaragh a remporté son combat.

En effet, le gladiateur alvorc leva les bras au ciel devant le corps de son adversaire. Mais au lieu de s'attarder pour profiter d'un instant de gloire, il tourna les talons et retourna vers son ludus en titubant. Une plaie béante s'ouvrait sur son flanc.

— Shalark[5] ! grogna-t-il.

Aussitôt, deux prêtres en robe argentées virent à sa rencontre et l'aidèrent à retirer son armure. Malgré la maigre protection en tissus, la compression du métal sur le corps de l'orque avait laissé sur sa peau une étrange texture qui lui donnait l'apparence d'écailles de poisson rouge.

— C'est rien du tout, ricana-t-il. Juste une petite incision ; mais ça me gêne pour frapper avec la hache... Je prendrai un glaive et un grand bouclier pour la mêlée.

Le laniste ne l'écoutait pas. Il était concentré sur le dernier combat, celui qui déciderait de l'issue de la rencontre.

Skazat avait conservé deux gladiateurs sur quatre, son adversaire également. Si la troisième manche donnait une nouvelle égalité, la grande mêlée qui suivrait serait équilibrée : trois combattants de chaque côté. Mais la blessure de Zaragh remettait cet équilibre en péril. Oxidor, l'Irildar pouvait le rétablir, mais il fallait gagner encore un combat.

— Bruztabor de Gobarrys, le massacreur de gnomes, remporte le cinquième combat. Zhaenar Keleryn remporte le sixième combat !

— merde ! Beugla Skazat.

Puis il se tourna vers ses deux derniers gladiateurs.

— Et ça vous fait rire ?

Oxidor affichait en effet un curieux rictus.

---

5 Shalark : prêtre-magicien possédant des dons de guérison.

— C'est vous qui me faites sourire, ô mon vénéré maître. Des dizaines d'hommes meurent chaque jour pour votre profit, et la seule chose qui vous dérange est de ne pas gagner assez.

— Tu riras moins dans cinq minutes. ARBITRE !

Un homme à tête de mort s'approcha de Skazat.

— Seigneur ? Demanda-t-il.

— Mon alvorc n'est pas en état de manier la hache, retirez le de la mêlée.

Zaragh se redressa brusquement. Est-ce lui qu'on traitait comme un infirme ?

L'arbitre se tourna vers lui et l'examina des pieds à la tête.

— Pour un blessé, il m'a l'air plutôt nerveux... Mais le règlement autorise le retrait.

— Parfait, ricana Skazat en s'adressant à l'elfe sylvain. Maintenant tu vas me massacrer ces quatre Nadzirdars tout seul, comme un grand, et tu deviendras le plus formidable champion de ces dix dernières années... mais tu ne seras pas affranchi. Je me suis déjà arrangé avec le légat. Je pourrai te revendre pour des centaines de milliers de pièces d'or.

— Cependant... poursuivit l'arbitre, c'est au gladiateur blessé d'accepter ou non de se retirer.

— Et il n'en est pas question ! Protesta Zaragh. Je ne resterai pas assis sur un banc pendant que cette enflure d'elfe deviendra le champion du siècle.

— Ne sois pas idiot Zaragh, il n'a aucune chance. Je connais les Nadzirdars.

L'alvorc eut un curieux sourire.

— Maître Skazat ! Si vous connaissiez les elfes aussi bien que vous le dites, vous sauriez qu'on dit « un Nadizirdar » et « des Nadzirdari ».

Sur ces mots, il se leva et fit signe à un esclave de l'aider à enfiler son armure. Oxidor vint le rejoindre et lui tendit son bouclier.

— Personne ne t'oblige à faire ça.

— Bien sûr que si, un champion qui rate la bataille finale ne vaut plus rien. Et puis, à nous deux on est imbattable.

— Essaie d'en fixer un le plus longtemps possible. Je viendrai t'aider dès que j'aurai tué les trois autres.

L'alvorc haussa les épaules.

— Mouais... tu y crois vraiment hein ?

* * *

Quatre contre deux, avec d'un côté comme de l'autre des guerriers expérimentés ! Le combat était déséquilibré, il serait vite expédié.

Une partie du public estima inutile de gâcher une après-midi ensoleillée à assister à un massacre ou il ne serait même pas possible de parier. Ils quittèrent discrètement leur place tandis que les six rescapés allaient s'entre-tuer pour ce public ingrat.

Zandos reprit son rôle de leader. Il se méfiait particulièrement de l'Irildar, qui avait facilement triomphé de son premier adversaire, aussi confia-t-il à Bruztabor le soin de s'occuper de l'alvorc pendant que lui et ses deux compagnons régleraient le compte de l'elfe sylvain.

Bruztabor hocha simplement la tête en entendant ses ordres. C'est une brute épaisse à la musculature aussi impressionnante que son intellect était médiocre.

Zhaenar Keleryn et Beran Malar étaient les meilleurs combattants de Zandos, ils ne seraient pas trop de trois pour affronter ce redoutable Irildar. L'elfe sylvain avait changé d'armes. Il était à présent équipé comme un « numide », avec une légère armure métallique ne protégeant que les organes vitaux, deux courtes épées d'acier et quatre javelots. Il comptait visiblement sur eux pour éliminer un ou deux adversaires à distance avant la mêlée et sur son agilité pour tuer les derniers avant d'être lui même touché. Zandos esquissa un sourire. Son adversaire venait de commettre une lourde erreur.

— Il va essayer de nous avoir à distance avec ses javelots, expliqua-t-il à ses compagnons, alors écoutez-moi : je vais courir pour l'engager le plus vite possible, il n'aura pas le temps de les lancer. Ensuite je le bloque et vous ramenez vos fesses, Zhaenar à sa gauche et Beran à sa droite. Ça devrait aller vite.

— Un de nous deux pourrait aider Bruztabor ? Suggéra Beran en enfilant sa lourde armure de « chevalier celte ».

— Non, répliqua sèchement Zandos. Je ne veux prendre aucun risque avec cet elfe. Si Bruztabor n'est pas capable de liquider un orque blessé, il mérite de prendre une raclée.

Zhaenar s'était équipé en « pêcheur breton », armé d'un filet et d'une pique. Zandos avait conservé son équipement classique de « fantassin léger », l'arme la plus classique des gladiateurs.

Un cor de guerre se fit entendre, les six guerriers étaient appelé au combat.

* * *

— T'es sûr de vouloir venir ? Demanda Oxidor au guerrier alvorc.

— Te fatigue pas, répondit Zaragh, il est trop tard. On fait comme tu as dit : j'en immobilise un, tu massacres les trois autres et tu viens m'aider. T'es un champion, non ?

En entrant dans la zone de combat, l'irildar comprit immédiatement qu'il était la cible principale des Nadzirdari : Zandos, Beran et Zhaenar formaient un groupe compact en face de lui. Au fond, ça lui convenait très bien. Ainsi Zaragh avait une chance de s'en tirer.

Au signal, Oxidor et Zandos se ruèrent l'un sur l'autre.

Lorsqu'il fut à portée, Oxidor brandit son javelot et, comme on peut s'y attendre, Zandos se jeta au sol pour esquiver… mais le javelot ne partit pas. Oxidor continua sa course, contourna son adversaire et lança le javelot en direction de Zhaenar.

Le pêcheur fut transpercé de part en part… comme s'il avait croisé un espadon. C'est du moins en ces termes que l'acteur chargé de commenter les combats décrivit son agonie, tandis que l'orchestre chargé d'accompagner les passes d'armes fit une fausse note remarquée avant de reprendre sur un rythme endiablé. L'elfe sylvain se ruait maintenant sur Beran qui n'eut que le temps de lever son bouclier avant de recevoir un déluge de coup. Malgré sa force et sa puissante armure, Beran se retrouva rapidement en difficultés.

Il recula sous le choc. Le sylvain intensifia ses attaques, Beran recula encore.

Puis les attaques cessèrent, Oxidor s'était mis soudainement hors de portée et brandissait son deuxième javelot en direction de Zandos qui courrait vers lui.

Craignant une nouvelle feinte, Zandos hésita un dixième de seconde de trop avant d'esquiver. Le javelot lui laboura le flanc. Il s'écroula, puis se releva, ramassa le javelot et reprit sa marche en titubant.

Beran reprit l'initiative et attaqua furieusement son adversaire, mais ce faisant, il abandonna provisoirement la protection que lui offrait son lourd bouclier de bronze. L'elfe sylvain n'attendait que cette occasion pour contre-attaquer. Son glaive trouva facilement la faiblesse de l'armure, déchira les mailles et transperça les aisselles de l'elfe sombre. Beran s'écroula, entraînant dans sa chute son vainqueur qui n'avait pas réussi à retirer l'arme de son corps.

Une violente douleur traversa la jambe d'Oxidor. Zandos venait de lui renvoyer son javelot. Sa vue se brouilla de rouge, il s'écroula. La blessure était sérieuse.

Épée levée, Zandos avançait lentement vers son adversaire. Il venait de perdre ses meilleurs éléments, l'irildar le paierait cher… il le tuerait très lentement.

Oxidor semblait hors de combat, probablement évanoui, mais Zandos ne lui laisserait pas le privilège d'une mort rapide. Il s'accroupit près de sa victime, retira délicatement le javelot de sa cheville et lui fit un garrot serré. Comme il s'y attendait, la douleur réveilla l'elfe sylvain.

— Pas de panique, mon ami, murmura-t-il d'une voix suave. Tu ne mourras pas tout de suite, nous avons tout notre temps... je vais d'abord te faire hurler comme un goret, ensuite couiner comme un chiot et finalement chialer comme une petite fille jusqu'à ce que tu me supplie de t'achever... c'est ça que tu cherches ?

Il exhiba les deux épées courte de l'elfe sylvain. Oxidor était bel et bien désarmé.

— Je vais d'abord te trancher les tendons des deux jambes, éructa Zandos, ensuite les mains... un doigt après l'autre... phalange après phalange... Je te crèverais volontiers les yeux, mais je ne voudrais pas que tu manques la suite.

Zandos était déçu, sa victime ne montrait pas le moindre signe de peur. Il se rendit compte que la main de l'elfe sylvain s'approchait dangereusement de l'épée de Beran.

Ensuite, tout alla très vite : Zandos bondit pour trancher cette main, mais Oxidor lui lança une poigné de sable de l'autre main. Il saisit le bras du Nazdirdar, lui arracha son épée courte et lui enfonça entre les côtes.

Zandos mourut avant d'avoir compris ce qui lui arrivait.

L'elfe sylvain se redressa, s'appuyant sur son dernier javelot comme sur une béquille, et se tourna vers Zaragh, toujours en train de lutter contre bruztabor. Il se mit à cloche-pied sur sa seule jambe valide et visa son dernier ennemi, mais un cri l'interrompit.

— Pas de ça ! Beugla Zaragh. Celui-là est à moi !

Bruztabor, surpris, interrompit ses assauts et se retourna. N'importe qui aurait profité de l'occasion pour le tuer, mais pas Zaragh.

— C'est ici que ça se passe, imbécile !

Bruztabor esquissa un geste pour relever son bouclier, mais il n'en eut pas le temps, l'épée de Zaragh lui traversa la gorge. L'alvorc repoussa son adversaire du pied et arracha brutalement son arme du corps de sa victime, la décapitant à moitié.

C'était la dernière mise à mort de la journée, il fallait qu'elle soit mémorable.

Les cors de guerre sonnèrent la fin des combats. Zaragh quitta l'arène en levant les bras.

Oxidor resta sur place.

Toujours armé de son javelot, il sautilla à cloche pieds en direction de la loge du légat. Arrivé à vingt mètres, il s'arrêta, recula de dix mètres et s'arrêta à nouveau. Pour le public, cette démonstration ressemblait à une danse de la victoire... une danse tragique parce que chaque mouvement ouvrait davantage la blessure à la jambe de l'elfe.

Zaragh fut le seul à comprendre ce qui se passait. Il se précipita sur son compagnon.

— Arrête de faire le clown. Il faut que tu te fasses soigner... tu le tueras un autre jour.

— De toute façon je l'aurais raté, soupira Oxidor, la pointe du javelot est tordue.

Skazat monta sur une estrade et harangua la foule.

— Zaragh, le tueur au sang d'orque, a encore une fois prouvé sa valeur, mais Oxidor Trucidel d'Iril Ranor s'est surpassé comme personne avant lui. Regardez votre champion, peuple de Solarys ! N'est-il pas le meilleur de tous ceux qui ont combattu dans l'arène ? Ne mérite-t-il pas de retrouver la liberté ?

Le peuple approuva bruyamment en jetant une pluie de pièces sur l'arène, mais comme il en avait convenu avec Skazat, le légat refusa de la lui accorder... le dixième du prix d'un champion, c'est une somme qu'on ne refuse pas.

« Et il n'est pas question que je reste assis sur
un banc pendant que cette enflure d'elfe
devient le champion du siècle. »

Chapitre II — Hendrik et Zaragh

— C'était le meilleur du ludus. Personne ne pouvait le battre... même pas moi.

— Même pas toi, répéta le vieil homme avec un curieux sourire. Et pourtant tu es toujours en vie. Tu as eu beaucoup de chance, les Irildari n'apprécient guère les orcs, qu'ils soient de sang pur ou de sang-mêlés.

— Dans les arènes, ces choses là ne comptent pas... et de toute façon, l'objet de sa haine, c'était les Nadzirdari. Pour en tuer un seul, il se serait associé avec le diable en personne. Mais à quoi bon en parler ? Ça fait plus d'un an maintenant... tout ça, c'est du passé.

L'alvorc demeura ensuite silencieux, son regard s'attarda sur la pièce dans laquelle il se trouvait. Le « petit bureau » d'Henrik, le Yukho[6] – le maître des chambellans – du Seigneur Hazvorbak était confortable, mais sobre, et bien trop petit pour qu'il règle toutes ses affaires. Le vieux Henrik avait forcément un autre bureau, beaucoup plus vaste, ou il recevait les gens important.

Le Yukho remit de l'huile dans une lampe suspendue au plafond et alluma une nouvelle lampe pour éclairer la table. Puis il y déposa une nouvelle cruche.

— Reprends un peu de vin, Zaragh. tu as eu beaucoup de chance d'en sortir vivant ce jour là.

— J'ai eu beaucoup de chance ! Quant à Oxidor...

Il porta son gobelet aux lèvres et but quelques gorgées.

— Comment s'est-il évadé ? Demanda Henrik.

— Vous m'avez acheté juste pour me demander ça ?

— Pas uniquement, tu peux rendre bien d'autres services... mais raconte quand même. Je veux tous les détails.

— De temps en temps, des nobliaux venaient au ludus pour « louer » certains d'entre nous. Soit pour des combats privés, normalement sans mise à mort, soit pour... heu... pour autre chose.

— autre chose ? Répéta Henrik.

---

6 Yukho : secrétaire d'un seigneur de haut rang.

— Ouais ! Il faut vous faire un petit dessin ? Bref, une dame de la noblesse est venu louer quelqu'un, Skazat lui propose plusieurs étalons, mais elle a réclamé Oxidor avec insistance. J'ai bien senti que c'était juste une intermédiaire... Quand une bonne femme prend un gladiateur pour elle-même, elle les examine un par un et elle tâte la marchandise. Mais celle-là, pas du tout. Elle se ramène, elle réclame son bonhomme sans même le regarder et il n'y a pas à discuter. Oxidor a failli refuser... rien que pour emmerder Skazat qui était déjà sur les nerfs parce qu'il n'avait pas réussi à le revendre. Il avait réclamé cent mille pièces d'or... Vous savez ce qu'on peut faire avec cent mille pièces d'or ?

— Pas mal de choses, répondit Henrik, mais l'évasion, comment s'y est-il pris ?

— Très simplement : il a accepté de suivre la dame, puis il a assommé les gardes qui l'escortaient et il a filé par les canalisations des thermes... Ah, mais comme c'était un vrai mâle, et plutôt galant, il l'a fait sur le chemin du retour.

— Détail sans importance, soupira Henrik. Ce qui compte, c'est qu'il s'est évadé et qu'il a préparé son coup bien à l'avance, parce qu'il y a des grilles dans les canalisations et qu'il n'aurait pas eu le temps de les scier pour s'échapper.

— Dans ce cas, il n'était pas si bien préparé que ça... on l'a retrouvé noyé deux jours plus tard.

— Tu as vu son cadavre ?

— Non, mais Skazat l'a vu ! Et il était furieux, il nous a tous fait fouetter pour savoir si un d'entre nous était son complice. Quel crétin !

— Et surtout quel menteur, ajouta Henrik. Oxidor est bel et bien vivant... vivant et libre, comme toi aujourd'hui.

— C'est pas vrai ? fit l'alvorc stupéfait.

Il tourna la tête dans toutes les direction, comme s'il espérait voir la réponse inscrite sur les murs, et il croisa le regard d'un jeune garde posté devant l'entrée. Ce dernier hocha positivement la tête.

— Le salopard ! Il nous a fait fouetter pour rien et il nous a menti... de peur qu'on en fasse autant.

— Et bien maintenant que nous avons échangé de précieuses informations, reprit Henrik, nous pouvons parler affaires. Mais commençons par le commencement... sais-tu qui je suis ?

— Vous êtes Henrik de Nurneber, du peuple de Zaar. Maître des chambellans d'Hazvorbak, seigneur de Sirkoth, que l'on surnomme « Hazvorbak le dépravé » pour de bonnes raisons, et qui a été banni de la cour impériale pour s'être montré très incorrect avec une des nombreuses filles de l'Empereur.

— très incorrect, répéta Henrik, le mot est faible. Je vois que tu es bien renseigné.

— On cache beaucoup de choses aux esclaves, mais les ragots de cour circulent facilement dans les ludus.

— Et c'est très bien ainsi, répondit Henrik, ça me fait gagner du temps. Je présume qu'un guerrier futé comme toi a aisément deviné ce que j'attends de lui.

— Ouais, répondit Zaragh... mais faites sortir ce gamin avant d'aller plus loin.

— Tengo a toute ma confiance, mais soit... il attendra dans le couloir et veillera à ce que personne ne nous dérange.

Le jeune garde sortit sans attendre qu'on lui en donne l'ordre. Zaragh marqua une pause puis se pencha en avant avec un air de comploteur.

— Vous voulez que je tue Hazvorbak, de préférence très salement, afin que l'affront fait à l'empereur soit correctement vengé. Puis il vous accordera le domaine de Sirkoth.

— C'est un raisonnement logique, conclut Henrik. Mais la prophétie de la Dame Rouge me pose un problème : si la lignée d'Hazvorbak s'éteint, l'empire n'y survivrait pas.

— Ah, vous n'êtes pas assez bête pour croire ça ? ricana l'alvorc. Maintenant que votre seigneur a offert en sacrifice aux dieux sombres son seul fils légitime, vous êtes coincé.

— L'empereur y croit, je dois donc y croire aussi... et contrairement à ce que vous pensez, Wotsy est encore en vie. Hazvorbak s'est avisé qu'il valait mieux pratiquer le sacrifice à l'aube plutôt qu'au crépuscule. Mais il nous reste peu de temps pour agir... nous allons le libérer et filer vers le sud, prendre la route de la grande forêt jusqu'à un endroit ou nous trouverons des alliés...

— La grande forêt ? S'exclama Zaragh, la grande forêt d'Iril-Ranor ? Mais vous êtes dingue ! Vous allez tomber sur les...

Et il s'interrompit soudain.

— Vous m'avez engagé pour quoi, au juste ?

— Ah, je vous que tu as compris ! Tu vas nous aider à exfiltrer le Prince, mais ton rôle principal sera de retrouver ton ancien camarade d'arènes et de nous assurer un libre passage. Aux dernières nouvelles, il dirige une troupe de rôdeurs dont la principale activité est de harceler nos gardes frontière... Les Irildari sont très remonté contre nous depuis nos dernières tentatives de raids sur leur territoire. Hazvorbak espérait rentrer en grâce en offrant à l'empereur quelques esclaves sylvains.

— Je comprends votre embarras, mais le travail que vous me proposez n'est pas sans risques. Quoi qu'il en soit, je l'accepte... pour dix mille pièces d'or.

— Cinq mille, proposa Henrik.

— Dix mille, répliqua Zaragh, et cinq mille payables d'avance. Hazvorbak m'offrirait le double pour vous dénoncer, et vous n'avez qu'un seul moyen de m'en empêcher, me tuer ! Mais qui le fera ? Un vieillard fluet ou un gamin qui sait à peine tenir son arme ?

Il accompagna cette affirmation d'un sourire carnassier.

— C'est d'accord, soupira le vieux comploteur. Dix mille, vous avez ma parole.

— Et la moitié d'avance... en gemmes ! Oh, ne prenez pas cet air dépité. Je sais que vous avez toujours de l'or et des joyaux en réserve pour ce genre de transactions. Cinq mille d'avance, c'est une simple garantie.

— Cinq mille d'avance, répéta le Yukho en ouvrant un tiroir.

Il en sorti une cassette qu'il posa sur la table, sous le regard attentif de l'orc.

— Il y a ici trois rubis, une opale grise, et quelques pierres de moindre valeur... servez vous et faites le compte.

Les doigts crasseux de l'orc palpaient avidement les pierres.

— Tout votre plan repose sur le bon souvenir que j'ai laissé à un gladiateur elfe... je risque vraiment ma peau dans l'affaire, et ça vaut largement dix mille pièces d'or... oh, il n'y en a pas tout à fait pour cinq mille avec ces pierres mais je m'en contenterai comme avance.

Un discret grattement à la porte interrompit les deux comploteurs. La porte s'entrouvrit.

— Yukho ? Mauvaise nouvelle, le seigneur Hazvorbak a doublé la garde autour de son fils. Peut-être se doute-t-il de quelque chose.

— Si c'était le cas, nous serions déjà morts. Non, il est simplement paranoïaque, j'aurais du le prévoir et c'est très est fâcheux. Il nous faudra plus d'hommes pour les neutraliser.

— Vous avez prévu trois hommes pour m'aider à liquider les gardes de la porte, je m'en chargerai seul. Combien pour s'occuper des chevaux ? Trois ? Un seul suffira. Ça vous fait cinq hommes de plus pour récupérer votre Prince. Je suis peut-être cher, mais je vaux mon prix.

Chapitre III — La porte Sud

Quatre hommes lourdement armés montaient la garde devant la grande porte. L'orque s'approcha d'eux avec une fausse nonchalance... aucun combattant, pas même Zaragh, le redoutable gladiateur, ne pouvait tuer quatre guerriers expérimentés sans qu'aucun n'ait le temps de donner l'alarme.

« Ici aussi la garde a été doublée, pensa-t-il. Ça va être chaud. »

— Qu'est ce que tu fous là, l'orque ! Aboya un des gardes, celui qui portait un brassard d'officier.

— Laissez-passer ! J'apporte des ordres pour le garde à la tour.

— Donne ! Ordonna l'officier.

— Ah non, je dois transmettre les ordres au garde de la tour et à personne d'autre.

— Je suis son supérieur, imbécile ! Il me le remettra aussitôt. C'est à moi que cet ordre est destiné.

— C'est vos affaires, mais moi je dois suivre mes consignes à la lettre : « l'homme de garde et personne d'autre ». Si je désobéis, je recevrai le fouet !

— Incroyable d'être aussi bête, maugréa l'officier. C'est bon, passe devant, je t'accompagne.

L'alvorc et l'humain entrèrent dans la tour sous les regards amusés des trois autres gardes.

« ils riront moins quand je m'occuperai d'eux » pensa Zaragh.

Suivi par l'officier, il grimpa les escaliers en colimaçons, puis il s'arrêta à mi chemin et s'agenouilla en se tenant la jambe.

— Aie ! gémit-il.

— Allons donc, que se passe-t-il ?

— J'ai glissé et je me suis pris l'arrête d'une marche sur la cheville. Ça fait sacrément mal.

— Quel maladroit ! Même pas fichu de grimper un escalier... il n'y en avait pas dans les arènes ? Fais voir cette cheville.

— Si, bien sûr qu'il y en avait... mais ils étaient droits.

Au moment ou l'officier se pencha pour observer la blessure, Zaragh le saisit au menton et lui enfonça un stylet dans la gorge. Il le fit tourner lentement pour que l'officier ait le temps de comprendre avant de mourir qu'il s'était fait avoir.

— Alors maintenant, ricana-t-il. C'est qui l'imbécile ?

* * *

Zaragh sorti de la tour le sourire aux lèvres. Après l'officier, l'élimination de l'homme de garde en haut de la tour avait été une simple formalité. Mais le plus dur restait à faire : trois hommes armés qu'il devait liquider par surprise.

— Ou est le lieutenant ? Demanda l'un d'eux.

— En haut de la tour, répondit Zaragh.

Il jubilait intérieurement car cette question lui donnait l'occasion de faciliter son travail.

— Le message en question l'a mis dans tous ses états, ajouta-t-il, il est en train de le relire. D'ailleurs, il demande que le caporal le rejoigne. C'est lequel ?

— J'y vais ! Répondit un des gardes en se dirigeant vers la tour. Zaragh s'écarta pour lui laisser le passage et s'approcha des deux autres gardes qui semblaient perplexes.

— Mais qu'est ce qui se passe au juste ? Demanda le plus jeune.

— J'en sais trop rien, répondit Zaragh. Enfin si, j'ai bien une petite idée... parce que le lieutenant m'a dit un truc, mais ça me semblait tellement énorme que j'ai pas voulu le croire.

— Et bien raconte !

L'alvorc baissa la voix.

— J'ai pas le droit de le répéter. Ce serait de la trahison qu'il m'a dit...

— Ça restera entre nous, reprit le garde.

D'un geste de la main, Zaragh leur fit signe d'approcher et se pencha en avant en prenant des airs de conspirateur. Et comme il était plus petit que les gardes, ces derniers durent eux aussi se baisser pour se mettre à sa hauteur.

Le plus âgé fut le premier à mourir. Le stylet de Zaragh trancha les mailles de sa capuche et lui traversa la gorge. Comme l'assassin l'avait prévu, le jeune soldat marqua un instant de surprise et n'eut pas le réflexe de crier. Il tenta de s'enfuir, mais Zaragh lui administra un vigoureux coup de pied dans l'entrejambe et le soldat s'écroula.

Le vétéran émit un gargouillis et cracha un flot de sang. Il vivait toujours et tenta de saisir sa dague. Zaragh enfonça profondément le stylet jusqu'au fond de sa gorge et l'arracha d'un coup sec. L'homme mourut aussitôt et son cadavre tomba au sol.

— Merde ! S'exclama Zaragh.

La point du stylet s'était brisée dans l'opération. C'était une bonne arme, la seule lame assez fine pour passer entre les plaques d'un gorgerin d'acier.

Entre-temps, le jeune soldat était revenu de sa chute et se redressa en ouvrant la bouche pour donner l'alerte. L'alvorc se laissa tomber de tout son poids sur son dos, lui coupant le souffle une nouvelle fois. Il lui arracha son casque, le saisit à la gorge et lui brisa les vertèbres.

— Plus qu'un, murmura-t-il. Le caporal.

Son regard se posa sur le stylet brisé.

— Le dernier, je devrai le finir à la barbare !

Il dégaina son épée et entra dans la tour.

* * *

Du haut de ses dix-sept ans, Tengo était le plus jeune de tous les hommes impliqués dans la conspiration d'Henrik. Sa mission était simple et ne présentait ni risques, ni difficultés majeure : il devait simplement se rendre à l'écurie qui n'était pas gardée, récupérer une douzaine de montures et les conduire devant la porte sud ou, si tout s'était bien passé, Zaragh l'alvorc aurait fait le ménage.

L'écurie n'était effectivement pas gardée. Tengo commença à seller les chevaux, mais un bruit de pas interrompit son travail. Il sa cacha dans l'ombre, juste derrière l'entrée et dégaina son poignard.

— Y'a quelqu'un ? demanda une voix juvénile.

Tengo reconnut la voix d'Asaki, jeune palefrenier de quinze ans totalement inoffensif. Le jeune guerrier se trouvait devant un cas de conscience car ses consignes étaient de ne laisser aucun témoin derrière lui, mais Asaki était aussi son ami. Il n'avait que quelques secondes pour se décider entre frapper et se cacher, mais il hésita trop longtemps et soudain il fut trop tard. Asaki l'avait vu.

— Qu'est ce que tu fais là ? demanda le palefrenier.

— Et toi ? répliqua le guerrier. Depuis quand les domestiques se permettent d'interpeller les guerriers.

Le gamin marqua un instant de surprise. Son ami n'avait pas l'habitude de lui parler ainsi. Il y avait bien entre eux une différence de statut social, mais ils n'en avaient jamais tenu compte auparavant.

— Pardonne-moi noble Kishi[7], fit Asaki en s'inclinant. Je fais simplement mon travail. Je change l'eau des abreuvoirs, je nettoie les box et je m'assure de l'état des chevaux de notre seigneur.

— En pleine nuit ?

— Oui, en pleine nuit, soupira Asaki. Tu connais Poken ? Il fait partie de la garde… chaque fois qu'il me voit, il essaie de me coincer dans un endroit désert, avec de très mauvaises intentions. Alors je fais ce qu'il faut pour l'éviter. En ce moment, il est de garde à la porte sud et il pourrait me coincer au petit matin si je faisais mon travail aux heures prescrites.

---

7 Kishi : terme respectueux envers une personne de sang noble.

— Mon pauvre ami, ce genre de choses n'arrive qu'à toi. Que n'importe quel guerrier tente d'en faire autant avec moi, et sa tête quitterait ses épaules sur l'heure.

— Ce genre de choses n'arrive qu'à ceux qui n'ont pas la chance de provenir d'une famille noble, seigneur Tengo, surtout s'ils n'ont pas d'arme. Mais toi, que fais-tu ici ?

Asaki passait alternativement du mode amical au mode respectueux, essayant ainsi adroitement de ménager à la fois son amitié et la distance sociale. Et il parvenait assez bien car Tengo ne s'offusqua pas d'être tutoyé.

— La même chose que toi, mon travail répondit Tengo. Un messager doit partir à l'aube avec une escorte et les chevaux doivent être prêts avant son départ. Mais personne ne doit être au courant, car le seigneur Hazvorbak craint les trahisons. Va dormir, revient à l'aube et ne t'inquiète pas pour Poken, il ne te dérangera pas.

— Il fait partie de l'escorte ?

— Il sera parti, murmura le guerrier, et pour l'avenir, je ferai en sorte qu'il cesse de te poursuivre.

D'une certaine manière, Tengo ne mentait pas : si Poken était effectivement de garde à la porte sud, il serait mort avant l'aube, si ce n'était pas déjà le cas.

— Merci Tengo, tu es un véritable ami.

Et sans attendre de réponse, le palefrenier partit. Tengo poussa un soupir de soulagement. Il poursuivrait sa mission sans avoir de sang sur les mains. Il sella une douzaine de chevaux, les sortit de l'écurie et les conduisit devant la sortie.

Il y avait deux cadavres devant la tour de garde. Tengo se dirigea vers le portail pour retirer l'énorme barre qui la maintenait fermée.

Une mauvaise surprise l'attendait : la barre était retenue par une chaîne en acier encastrée dans le mur et scellée par un cadenas. C'était une précaution rarement utilisée, sauf en cas de siège. Le jeune guerrier envisagea de briser la chaîne avec une arme, mais son sabre se casserait sans produire le moindre effet. Il se souvint que les soldats de la garde portaient un large poignard qui lui permettrait de déformer un maillon sans se casser. Il s'approcha des cadavres et récupéra un poignard. Poken n'était pas parmi les morts ce qui étonna le jeune guerrier. Mais il n'avait guère le temps de s'interroger. Il retourna à la porte et entreprit la tâche fastidieuse d'écarter un maillon.

C'était beaucoup plus compliqué qu'il ne l'avait cru. Il comprit rapidement que ce travail lui prendrait des heures, que les gardes d'Hazvorbak allaient les surprendre, lui et ses compagnons, à cause de son incompétence... alors il redoubla d'efforts et s'entailla la main.

— Aie ! gémit-il.

— Avec ça, tu auras plus facile, s'exclama une voix rauque juste derrière lui.

Il se retourna brusquement.

Souriant de toutes ses dents, l'alvorc Zaragh exhibait fièrement une petite clé d'acier.

A SUIVRE

« Je suis peut-être cher, mais je vaux mon prix. »

Hyéronimus le Mage
L'aventure du Baron Double

F Thiery

Le banquet touchait à sa fin, quand le roi fit signe au vieux barde de s'avancer. Immédiatement, le silence se fit dans la vaste salle. Le barde se nommait Thibault, surnommé Voix-du-Grand-Mage, Œil-des-Secrets et bien d'autres surnoms encore. On disait de lui qu'il connaissait les plus extraordinaires histoires de tout le royaume, et qu'il avait lui-même vécu nombre d'entre elles. Sa voix était simple et profonde, certes pas la plus belle parmi les bardes, mais tous, depuis les princes jusqu'au petit peuple, l'écoutaient avec une admiration mêlée de crainte.

Car il avait été, durant sa lointaine jeunesse, le compagnon du grand Hyéronimus le Magicien, sage d'entre les sages, sauveur du royaume, héros de tant d'étranges aventures.

Thibault s'assit sur le siège de merisier prévu pour lui, rejeta ses cheveux blancs en arrière, et égrenant quelques notes mélancoliques sur sa lyre, commença sa première histoire.

L'Aventure du Baron Double

A la demande de notre bon roi, gentes dames et nobles seigneurs, je vais vous conter une histoire que voilà fort longtemps oncques n'entendit.

Car cette aventure est tout simplement la première où j'eus la chance et l'honneur d'accompagner celui qui fut mon maître durant de longues années : le grand Hyéronimus. Oui, je vois à votre joie que sa renommée est toujours intacte, est je m'en réjouis. Puissent mes chansons aider son nom glorieux à ne jamais s'effacer de votre mémoire ! Car en vérité, il fut le plus sage, le meilleur des hommes, grand parmi les mages et doux avec les humbles. Maintenant il n'est plus, et chaque jour je le pleure.

Lorsque commence mon histoire, je n'étais qu'un tout jeune page au service de la baronne Salia de Gemelli. Sa mère était morte à sa naissance, et son père, avant de quitter ce monde alors qu'elle n'était qu'une enfant, l'avait promise à un de ses bannerets, guerrier pauvre mais honorable. Homme rude et déjà âgé, nommé Hubert, sans famille connue, il avait guerroyé sous les bannières des Gemelli durant de longues années et s'était gagné un certain renom. Mais ce fut peu dire que le couple ne s'entendait pas. Dame Salia était une femme très belle mais très dure, et régulièrement ses femmes quittaient son service car elle les avait battues ou terrorisées. Instruite, elle méprisait les travaux de couture ou d'intendance, ne s'intéressait pas aux chasses ou aux joutes, ne goûtait guère jongleurs, festins ou ménestrels. Les terres de Gémelli étaient riches, mais l'avarice proverbiale de Dame Salia donnait l'impression que le château vivait dans la disette. Son époux tenta longtemps de la distraire, de lui arracher un sourire, puis renonça. Peu de temps après leur mariage, tout le château savait qu'ils faisaient chambre à part. On ne connaissait aucun soupirant, aucun amant à dame Salia. On aurait dit qu'elle faisait peur aux hommes. Bientôt, les deux époux ne se virent pratiquement plus, hormis pour quelques grandes fêtes. Ils se parlaient à peine. Sire Hubert semblait résigné, Dame Salia une statue de glace.

Et puis un jour un évènement étrange se produisit : le baron Hubert disparut. Au dire d'un serviteur, il avait fini la soirée dans la salle basse de la vieille tour, plongé dans des pensées mélancoliques devant la cheminée. Nul ne savait où il était allé ensuite : on n'avait retrouvé dans la salle basse que son gobelet de vin, renversé à terre. Le garde du couloir de sa chambre ne l'avait pas vu venir se coucher, et certifiait qu'il ne s'était pas assoupi durant son service. Il était impossible de sortir du château sans passer devant les gardes de la petite poterne ou faire baisser le pont-levis. Le mystère était entier, le château en émois.

Dame Salia demanda qu'on ne la dérange plus. Certaines commères du château prétendirent qu'elle dissimulait en permanence un sourire. D'autres aux contraires prétendaient qu'elle errait la nuit, un bougeoir à la main, dans les couloirs du château, telle une âme en peine.

Mais le plus incroyable eu lieu trois jours plus tard: le baron Hubert réapparut. Nul ne sut très bien par où, il sembla revenir aussi mystérieusement qu'il était parti. Et le plus étrange fut que l'attitude des deux époux changea complètement. Dame Salia était radieuse, le baron souriant. Très vite on ne les vit plus l'un sans l'autre. Ils refirent chambre commune. Le château se réjouissait : cet évènement étrange avait-il rapproché les deux époux ? Hélas, il apparut bien vite que quelque chose de plus horrible encore était à l'œuvre. Le baron se mit à obéir en tout à son épouse. Sous ses directives, il fit abattre de grande quantité d'arbres, fit construire de grandes forges sous le château, demanda à acheter nombre de produits étranges, venant parfois de très loin. La nourriture pour les serviteurs se mit à manquer. Certains affirmaient entendre des bruits horribles résonner dans les souterrains du château. L'opinion générale étaient que Dame Salia avait ensorcelé le baron, qu'elle était elle-même une sorcière et poursuivait on ne sait quel infernal but. Le château vivait dans une sourde terreur. Ce fut à ce moment-là qu'arriva Hyéronimus.

Il se présenta comme un voyageur demandant l'hospitalité pour la nuit, mais je savais par le secrétaire de l'intendant que celui-ci avait écrit au magicien dès la disparition de sire Hubert. Apparemment, l'intendant connaissait déjà Hyéronimus personnellement, et lui avait demandé d'élucider cette disparition. Dès son arrivée, le magicien eut une longue conversation en tête-à-tête avec l'intendant. Puis, à ma grande joie, je fus affecté au service du magicien.

Qu'il me soit permis de brosser maintenant le portrait de cet homme extraordinaire. Il était déjà à cette époque aussi âgé que renommé : sa tête presque chauve était déjà entourée d'une couronne de cheveux blancs. Assez petit, il était en permanence vêtu d'un ample manteau de velours rouge sombre, plaqué de noir sur le devant. Il le rehaussait parfois d'une écharpe d'hermine dans les grandes occasions, mais jamais je ne le vis habillé autrement. Son visage était déjà ridé comme une vieille pomme, ses yeux noirs profondément enfoncés scintillaient souvent, son long nez pointu semblait une pique tendue au vent. Contrairement à la plupart des magiciens, il ne portait pas la barbe. Son bâton de mage semblait un cep de vigne tordu, sans aucun ornement : ni symbole magique, ni pierre précieuse.

La première chose que je fis pour lui fut de lui faire monter un bain chaud et de lui savonner le dos, afin, disait-il, d'ôter les courbatures du voyage. Je vis à cette occasion qu'il était lui-même noueux comme un vieil arbre, mais passablement musclé pour son âge. Il portait au niveau du cœur ce que je pris d'abord pour une tache de naissance, mais qui, je l'appris bien plus tard, était bien autre chose.

Pendant toute la durée du bain, il fut étonnamment silencieux, semblant à peine respirer. Quand il fut enveloppé d'une ample serviette de drap blanc, il s'assit et me dit :

— Hé bien, jeune Thibault ?

— Monseigneur ?

— N'as-tu rien à me dire ?

— Je... je vous demande pardon... monseigneur ? ajoutai-je, surpris.

Les yeux du mage pétillaient de malice.

— Chacun sait que les domestiques savent souvent mieux que leurs maîtres ce qui se passent dans leur propre demeure. Parlons sans détour : je suis là pour élucider cette étrange disparition, puis réapparition, suivies de cet étonnant...rapprochement entre les deux époux. Que murmure-t-on dans les couloirs, dans les cuisines ?

A contrecœur, je lui évoquai ce que chacun pensait, en le priant instamment de ne pas avertir ma maîtresse.

— Tu ne manques pas de courage, jeune Thibault, dit-il, car je vois bien que tu crains Dame Salia au plus haut point, et pourtant tu n'hésites pas à mentionner des accusations dont la portée est terrible. Tu sens, comme probablement tout le monde ici, qu'il y a quelque diablerie à l'œuvre, mais cela fait ressortir en toi tes traits les plus nobles.

« Car en vérité, il fut le plus sage, le meilleur des hommes, grand parmi les mages et doux avec les humbles. »

Je me trouvai à ce moment dans un état indescriptible : je rougissais des compliments du mage, et en même temps mon dos étais encore trempé de la suée de crainte qu'avais provoqué mon audace à accuser plus ou moins ouvertement dame Salia de sorcellerie.

— Sais-tu, fit Hyéronimus, changeant brusquement de sujet, d'où viennent les armoiries des Gemelli ?

— Heu, oui messire ! D'après la légende, la famille fut anoblie quand deux frères jumeaux accomplirent des exploits au service de l'empereur, il y a de cela plusieurs siècles. Il leur donna alors de riches terres et le titre de baron, et ils prirent comme armoiries deux jumeaux d'argent sur fond de gueule, et la devise pro duo una : à deux plutôt que seul.

— Très bien, jeune homme ! Et, à ce que je sais, les cas de gémellité sont fréquents dans la famille, n'est-ce pas ?

— Ma foi, je ne sais pas exactement leur nombre, mais j'ai ouï dire effectivement que c'est le cas. Vous devriez aller consulter la bibliothèque, le père Clément y tient les archives de la famille.

— Parfait, allons-y, nous avons juste le temps avant le repas du soir.

Le père Clément, qui m'avait fait mes classes, me félicita quand Hyéronimus lui raconta – en partie – notre conversation. Il nous trouva très vite les registres de naissances de la baronnie, et confirma que, en trois cents ans, il y avait eu au moins un cas de gémellité par siècle, parfois plus. Les archives plus anciennes étaient hélas quasi illisibles. Hyéronimus hocha gravement la tête. « Allons, le repas nous attends », fit-il. Sur le trajet jusqu'à la grande salle, je le vis farfouiller dans une pochette de cuir qu'il portait à la ceinture, en tirer une petite fiole remplie d'un liquide incolore, et la dissimuler dans sa manche. Je n'osai lui demander ce qu'il préparait.

Mes maîtres firent bon accueil au célèbre Hyéronimus, mais point n'était besoin d'être mage pour sentir que Dame Salia était d'une nervosité extrême. Elle ne quittait pas le mage des yeux, renversa plusieurs fois couverts ou hanap, et sa conversation était froide et limitée. Hyéronimus souriait, mais ses yeux semblaient aux aguets. A la fin du repas, il se leva et dit :

— Gente dame et sire baron, je m'en voudrais d'accepter votre hospitalité sans exécuter quelques tours de magie pour vous remercier. Acceptez-vous ?

J'entendis distinctement Dame Salia hoqueter, puis elle toucha le bras de son époux.

— Bien sûr, dit le baron, mais rien de trop dangereux, maître mage !

Hyéronimus inclina la tête et se plaça au centre du U formé par les trois tables : la table haute ou siégeaient les deux époux, et les tables basses où nous nous trouvions, avec les principaux capitaines, l'intendant, le père Clément.

Sous des applaudissements croissants, Hyéronimus fit jaillir successivement de ses mains des gerbes de feux et des cristaux de neige, puis invoqua l'image d'une licorne adamantine translucide qui galopa dans la salle, et enfin un phénix doré qui disparut en des gerbes d'étincelles. Tous se levèrent et applaudir. J'étais enthousiaste comme tous, mais surtout je sentais que le grand mage pouvais faire bien plus : tout cela semblait pour lui d'une extrême facilité.

Pourtant, c'est en claudicant comme un vieillard qu'il s'approcha de la table haute et dit d'une voix chevrotante : « Hélas, messire, je crois que le voyage m'a plus fatigué que je ne le pensais : me permettez-vous de boire à votre santé et de me retirer ?

A ce moment, un des capitaines se leva et brandit son verre en criant « A Hyéronimus ! »

Tous firent de même, et finalement le seigneur et sa dame se levèrent et portèrent eux aussi un toast au magicien, qui s'inclina. Puis d'un regard il m'enjoignit de le suivre, et je dus trotter pour rester à sa hauteur dans le couloir que nous empruntâmes.

— Maître, lui dis-je, vous faites erreur, votre chambre est par…

— Je le sais, coupa-t-il, mais avant d'aller me coucher, j'ai deux visites à faire, qui seront, je l'espère, riches d'enseignement.

— Lesquelles ? Tout le monde est encore dans la grande salle...

— Justement. Je n'ai jamais dit que j'allais visiter des personnes.

— Mais... j'y suis ! Vous voulez voir la pièce où Sire Hubert a disparut la première fois.

— Très bien ! Et...

— Heu...je ne sais pas, maître !

— Très simple. Les catacombes familiales.

— Pardon ?!

Avant que je n'ose demander des précisions, nous étions arrivés à la salle basse de la vieille tour. Un feu à demi éteint étendait une lumière sinistre sur le tapis et les deux fauteuils qui en constituaient l'unique mobilier.

— C'est donc ici que cela s'est produit ?

— Oui, maître. J'ai eu l'occasion de rentrer dans la pièce peu de temps après : ne restait que son gobelet de vin, renversé, à peu près ici, près du fauteuil.

— Hmm-hm. Rien d'autre de remarquable ? Pas de trace de lutte ? Le tapis n'a pas été changé ou nettoyé depuis ?

— J'ignore s'il a été nettoyé, maître, mais il ne me semble pas qu'il ait été changé.

Le vieux magicien se mit alors à quatre pattes, et me demanda de faire de même.

— Que cherchons-nous, maître ?

— Je ne sais pas encore. Des traces, de la poussière, des taches de sang... signale-moi tout ce que tes jeunes yeux peuvent voir. Les miens ne sont hélas plus aussi bons qu'autrefois.

Nous n'avions, depuis plusieurs minutes, rien trouvé de concluant, quand soudain mon regard fut attiré par un léger reflet métallique, non pas sur le tapis, mais sur le sol dallé, à droite de la cheminée. J'allai voir, et montrai au maître ma trouvaille.

— Excellent, jeune Thibault ! Voilà qui éclaire toute l'affaire d'un jour nouveau, et confirme l'hypothèse que j'avais en tête.

— Pourquoi, maître ?

— Fais fonctionner tes méninges. Quel est cet objet ?

— Hé bien, ma foi, c'est une sorte de clou ou d'agrafe à bout rond... il me semble que ce genre d'attache sert pour le cuir...

— Exact ! Et il a l'air légèrement tordu. Maintenant, si je te dis que je pense que ce genre d'attache vient d'un équipement de soldat, à quoi penses-tu ?

— Hé bien, peut-être messire Hubert l'a-t-il laissé tombé...pourtant... attendez... Non, il a du être arraché ... mais alors il y aurait d'autres traces de lutte...

— Très bon raisonnement, Thibault, mais il te manque la dernière étape. En effet, Hubert était un vieux soldat, un homme de terrain : il ne se serait pas laissé enlever sans combattre. Voici donc mon hypothèse : quelque chose est entré par surprise, Hubert s'est levé brusquement – d'où le verre de vin renversé – et a dégainé son épée si vite qu'il a fait jaillir l'attache du laçage de cuir qui retient habituellement son épée au fourreau. Étant droitier, son épée est sur sa hanche gauche, donc le geste expédie l'attache à droite de la cheminée, où tu l'as trouvé.

— Mais pourquoi ne s'est-il pas battu ? N'a-t-il pas appelé ?

— Justement. De deux choses l'une : soit quelqu'un s'est jeté sur lui et l'a neutralisé, mais je pense que dans ce cas on verrait plus de traces de sang ou de lutte, ou du passage de plusieurs hommes. Soit – et j'ai d'autres raisons de penser cela – ce qui s'est introduit ici était suffisamment terrifiant pour paralyser de terreur ce pauvre sire Hubert !

— Mais … qu'était-ce donc ? Il n'y a que cette porte dans cette pièce…un monstre serait venu par le conduit de la cheminée ?

— J'en connais qui en seraient capables, mais ils auraient simplement dévoré le vieux chevalier. Non, nous cherchons une créature suffisamment intelligente pour enlever le baron et repartir sans laisser de traces.

— Je suis perdu, maître. Je ne connais aucune créature de ce genre dans nos légendes.

— Celle à laquelle je pense est très peu connue. Mais pour en être certain, je dois maintenant aller aux catacombes.

Après avoir improvisé une torche avec un brandon de la cheminée, nous nous dirigeâmes vers les catacombes.

L'entrée en était une porte basse et large, barrée de fer. Les clefs étaient simplement posées sur une niche à côté. J'ouvris la lourde porte avec difficulté, et nous nous enfonçâmes dans les ténèbres.

J'avais déjà visité les catacombes avec le père Clément, quand j'étais petit. Je n'avais pas leur plan en tête, mais malgré leur organisation un peu chaotique elles n'étaient pas si vastes. Nous arrivâmes en à peine dix minutes à la tombe la plus fameuse, celle dite des « jumeaux fondateurs ». Elle était si ancienne, et les catacombes si humides, qu'aucune inscription n'était plus lisible depuis longtemps : on distinguait seulement deux gisants représentant deux hommes en armes, d'aspect encore étonnamment semblable malgré les siècles. La tombe était dans une niche creusée à même la roche, et fermée par une grille.

Hyéronimus resta de longues minutes silencieux, observant la tombe.

— Sais-tu qui possède la clef de cette grille ?

— Non, maître. Elle est sans doute perdue depuis longtemps.

Le mage mit sa main devant la serrure et murmura quelque chose. Il y eut comme un reflet courant le long du métal, un claquement, et la serrure s'ouvrit. Hyéronimus tira la grille, qui s'ouvrit sans résistance, sans même grincer. Il se baissa pour examiner la tombe, mais cette fois son examen ne prit que peu de temps.

— J'ai vu ce que je désirai voir, Thibault. Tout est clair désormais, sauf la manière de faire échouer cette diablerie.

Il ressortit, effectua de nouveau une manipulation magique sur le verrou, qui se referma, et nous regagnâmes la chambre.

— Thibault, me dit-il une fois enfoncé dans un profond fauteuil, es-tu prêt à m'aider dans la résolution de cette énigme ?

— Bien sûr, maître !

— Même au risque de ta liberté, de ta vie ?

Les yeux du vieux mage brillaient comme des perles noires.

— Oui »fis-je dans un souffle.

— Alors, voilà ce que nous allons faire demain matin, quand Sire Hubert et sa dame seront dans la salle à manger...

* * *

Sire Hubert et Dame Salia venaient à peine de s'attabler pour leur déjeuner du matin, quand je fis irruption dans la salle en criant : « Sire ! Ma Dame... c'est... c'est incroyable ! Il y a un autre sire Hubert dans le château, dans la salle basse de la vieille tour ! »

Dame Salia porta ses mains à sa bouche, étouffant un cri. Sire Hubert fronça les sourcils. Les autres convives réagirent diversement, certains se levaient, d'autres me regardaient comme si j'étais fou.

Finalement Dame Salia se leva, imposant le silence.

— Mon époux et moi-même allons vérifier les dires de ce page. Que personne ne quitte la salle ! Sire, dégainez votre épée, et allons voir.

Je les guidai devant la salle. Dame Salia m'écarta sans ménagement et entra, et resta immobile devant le seuil, paralysée de surprise : dans la semi-obscurité de la salle se dressait sire Hubert, un autre sire Hubert que celui à ses côtés. Elle s'évanouit. Alors les deux Sire Hubert furent face à face, et une chose horrible et incroyable se produisit : celui qui accompagnait dame Salia laissa échapper une plainte sourde, qui se changea en une sorte de hululement haut perché, et dans le même temps il se mit à se transformer : ses vêtements devinrent d'abord couleur chair, puis translucides, révélant le jeu des muscles et des os. Sa barbe parut se rétracter dans son visage, qui lui-même devenait aussi horrible que celui d'un cadavre écorché. La chose qui se tenait maintenant devant nous semblait un homme sans peau, sans dents, sans cheveux. Ses yeux n'étaient que deux globes blancs. La chose voulut se ruer sur l'autre Sire Hubert, mais alors maître Hyéronimus sortit du recoin ou il se tenait, et une gerbe de feu jaillit de ses mains : la créature s'embrasa, hurla, se roula au sol, mais bientôt il n'en resta plus que quelques fragments calcinés.

Sire Hubert se troubla telle une image dans l'eau, puis disparut. Et alors sortit de derrière la cheminée le père Clément : il était blanc comme un linge. « Vous aviez raison, maître Hyéronimus. Il y avait bien de la sorcellerie là-dessous... »

Dame Salia fut arrêtée pour faits de sorcellerie, et exécutée sur le bûcher, mais je crois que nul n'en tira fierté : le choc causé par la terrible confrontation l'avait rendue folle.

Les cendres de l'horrible chose furent dispersées aux quatre coins de la baronnie et à ce jour nul n'en a jamais entendu reparler.

Maître Hyéronimus fit des recherches approfondies dans la chambre de dame Salia et dans les archives familiales et finit par découvrir comment ouvrir un passage secret qui débouchait dans la salle basse. Il partait d'une pièce souterraine secrète aux allures de laboratoire : cornues et fioles s'y entassaient. On y retrouva, baignant dans un étrange liquide, le corps de feu sire Hubert.

Après avoir examiné attentivement les lieux, maître Hyéronimus recommanda de murer le passage et de donner une sépulture décente à feu le baron, ce qui fut fait. La baronnie échut à un lointain cousin, qui en changea les armoiries. De nombreuses pièces d'archives furent détruites, certaines confiées à maitre Hyéronimus.

Nous nous retrouvâmes un soir au coin d'un bon feu, le père Clément, Hyéronimus, l'intendant et moi. Le mage, comme il se doit, faisait des ronds de fumée avec sa pipe, en nous racontant comment il avait procédé.

— Quand je suis arrivé au château, j'hésitai entre plusieurs hypothèses. L'envoûtement me semblait crédible : je décidai donc de faire absorber au baron un Philtre d'Antimagie qui aurait dissipé le sortilège. Pour cela, je fis ce petit spectacle qui n'avait d'autre but que d'amener le baron à trinquer – encouragé par ses hommes que j'avais discrètement soumis à un sortilège de Soif. Mais le résultat fut sans appel : le baron n'était victime d'aucun sortilège. La seule explication plausible était que la personne qui avait absorbé ma potion n'était pas le baron. J'avais pensé à un simple acteur bien grimé, mais l'examen de la pièce où avait disparu Hubert ne cadrait pas avec cette hypothèse : Sire Hubert avait bel et bien vu quelque chose d'horrible avant de disparaître. Ce ne pouvait être un simple assassinat.

L'examen des archives et des catacombes m'apporta un autre élément : la tombe très ancienne des frères jumeaux fondateurs est scellée d'une grille en parfait état de fonctionnement, et on voit nettement le contour de la dalle supérieure malgré le temps et les moisissures : quelqu'un a donc la clef de la grille, et la tombe a été ouverte récemment. Les cas de gémellité dans la famille de dame Salia me surprenait pour un détail important : d'après les archives ces cas apparaissaient toujours en des périodes où la famille était en difficulté, pour cause de guerre en général. De plus, j'observai qu'ils étaient souvent suivis de décès prématurés, deux fois au moins de celui du chapelain du château : ces frères jumeaux soudains, réapparaissant sûrement après une prétendue enfance

38

lointaine, devaient susciter des questions...mais la lignée Gémelli a du caractère, vous le savez...

J'ai donc finalement pensé à une créature fort rare : le Doppelgänger. Il existe bien des légendes à son propos. Dans certaines cultures, ce n'est qu'une image immatérielle, représentation parfaitement identique d'une personne, qui lui apparaît pour l'avertir qu'elle va commettre un crime, ou pour la hanter si elle en a commis un. C'est une sorte de personnification de sa conscience. Mais il existe d'autres légendes parlant d'une créature monstrueuse, qui a l'étonnante capacité de pouvoir copier parfaitement l'apparence de n'importe quel être vivant. Je supposai donc que la famille Gémelli en gardait un à son service depuis des siècles. Dame Salia, orpheline jeune, a dû longtemps chercher avant de retrouver sa trace : j'ai trouvé des archives familiales codées dans sa chambre, après son échec.

— Justement, maître, comment avez-vous fait pour amener le Doppelgänger à se dévoiler ?

— Comme aucun sortilège n'est à l'œuvre et que cette créature copie parfaitement l'original, au détail près qu'elle n'a que peu de volonté propre et agit presque comme un automate au service de son maître, je me suis justement inspiré des légendes : j'ai lancé un sortilège d'Illusion grossier (si vous l'aviez vu en pleine lumière, il ne vous aurait pas abusé une seconde), et cela a suffit pour affoler dame Salia, et sa créature. Je ne sais si c'est l'inconscience de son maître ou le fait de se trouver elle-même devant son double qui l'a forcé à reprendre sa forme normale, mais le père Clément, caché derrière la cheminée, a ainsi pu témoigner que c'est bien un monstre qui allait succomber à mes flammes, et non le baron.

— Pauvre sire Hubert ! Quelle vision terrifiante cela a dû être quand il a vu sortir cette hideuse créature d'un passage secret qu'il ne connaissait pas...

— Assurément ! Mais je pense aussi que dame Salia avait dû légèrement droguer son vin favori.

— Pourquoi ?

— Réfléchis, Thibault : une fois que la hideuse métamorphose du Doppelgänger accomplie, il lui était absolument identique : il ne pouvait donc le maîtriser, le combat aurait été sans fin...

— Maître, vous avez toute notre reconnaissance, et celle de notre futur baron, dit l'intendant. Comment pouvons-nous vous remercier ?

— Les archives que j'ai récupérées dans le laboratoire souterrain me suffiront. Il y a néanmoins autre chose que je souhaiterais, mais cela ne dépend pas de moi.

— Qu'est-ce donc ?

— Eh bien, le dénouement de cette affaire n'aurais pas été possible sans Thibault : une alerte venant de moi aurait parut suspecte, et je devais préparer le sort d'Illusion. J'ai pu apprécier les nombreuses qualités de ce jeune homme : j'aimerais donc que Thibault devienne mon serviteur personnel.

L'intendant se tourna vers moi.

Je pris à cet instant la plus importante décision de toute mon existence.

Et je n'ai jamais eu à la regretter.

FIN

LE PROJET BELLICISTE – L.TL BERNARD

Faerie fire

Paul Fichtre

Sharp contemplait le reflet des holopubs qui dansaient dans son verre. Derrière son ivresse d'usage, la musique et le brouhaha des conversations s'imbriquaient en un fond sonore cotonneux. L'irruption dans son champ de vision d'une armoire à glace en combi-costume noir troubla le ballet des lucioles dans son whisky. Il grimaça alors que son regard croisait les implants en forme de lunettes de soleil du type. Les optiques sombres épousaient le visage massif orné de deux imposantes cornes de bouc. Depuis son comptoir, Vrank les observait l'air soupçonneux et ses mains avaient disparu sous le bar. Grâce à son bras cybernétique à la peau synthétique rose qui pelait, l'orc au teint marécageux pouvait manier un fusil à pompe capable de stopper un cyborg. Il abattrait le nouveau venu sans hésiter, mais Sharp lui fit signe de laisser tomber.

— Osten Sharp ?

La voix grave du type adoptait un ton neutre.

Les fines rayures d'un treillis sous-dermique en kevlar soulignaient ses pommettes ainsi que les traits anguleux de sa mâchoire. Elles conféraient à son visage l'aspect figé d'une figurine articulée pour enfant, mais c'était son aplomb qui incitait Sharp à la prudence. Bien que ce dernier se vantait de posséder une chance insolente, héritage de l'attention que continuait de lui porter sa bonne fée, l'homme de main rentrait directement dans son top cinq des menaces à prendre au sérieux.

— Lui-même.

— Mon patron souhaiterait vous parler.

Que l'employeur du malabar veuille le rencontrer en personne excita sa curiosité. Sharp louait pourtant un bureau virtuel. La majeure partie de sa clientèle détestait s'aventurer dans Brokerland.

L'armoire à glace s'écarta afin qu'il puisse s'extraire de sa banquette. Sharp vida son verre et balaya le dessus de la table avec le dos de sa main. Le terminal en réalité augmentée clignota en rouge pour signifier un défaut de paiement. Il renouvela la manœuvre sans plus de succès. Derrière le bar, Vrank secoua la tête de lassitude.

Sur le trottoir, une pluie fine tourbillonnait dans les courants d'air qui agitaient l'avenue. Les enseignes, les publicités géantes et les feux de signalisation des aéroptères se reflétaient dans ce crachin irritant en lueurs dansantes dignes d'une œuvre hypnotique de Modinski. Les projecteurs du dirigeable de la Weyland-Yutani dissipèrent l'illusion tandis que le visage de leur recruteuse s'animait sur ses flancs.

Sharp remonta le col de son trois quarts couleur marron. Le type balaya d'un regard la faune nocturne habituelle avant de le pousser d'une main ferme vers une limousine volante aux vitres teintées. Le reflet de leur couple mal assorti s'effaça tandis que les portières antagonistes s'ouvraient sur un luxueux habitacle en forme de salon. Sharp se courba afin d'embarquer. Le malabar prit place à ses côtés et il se sentit à l'étroit contre son odeur sulfureuse.

L'agitation fiévreuse de Brokerland disparut derrière le confort feutré de l'aéroptère qui s'élevait entre les immeubles. Sharp scruta le visage à la jeunesse insolente de l'homme assis en face de lui. Ce qu'il y lut lui glaça le sang. Même les meilleurs traitements de longévité n'effaçaient jamais la lassitude d'une existence trop longue. Deux yeux d'un bleu cobalt intégral sondaient son âme. Une folie meurtrière plus vieille que le monde se devinait sous ses traits magnifiques. Ses cheveux bruns déstructurés en minivague ondulaient sur un crâne aux proportions parfaites. Des implants dorés, qui s'apparentaient à des circuits imprimés, s'étiraient en éventail sous sa peau depuis un point situé un peu au-dessus de ses oreilles. Une chemise blanche au col amidonné masquait entièrement son cou et ses mains fines aux longs doigts manucurés avec soin dépassaient d'un élégant et sombre costume sur mesure. Elles reposaient sur un rubis de la taille d'une balle de golf qui ornait le pommeau de sa canne en carbone. Le regard de Sharp s'attarda sur les ongles limés en pointe avant de revenir sur le visage de l'aristocrate, tel un papillon attiré irrésistiblement par la lampe qui lui brûlerait les ailes. Cette attraction se teintait d'une pulsion sexuelle qui troubla Sharp. L'inconnu se mit à sourire. À croire qu'il lisait dans ses pensées.

— Jonas, sers donc un verre à monsieur Sharp.

La voix mélodieuse chatouilla son oreille. Un frisson descendit le long de sa colonne vertébrale jusque dans son bas-ventre, où il explosa en vague de chaleur. Sharp saisit le breuvage que lui tendait Jonas. Le feu de l'alcool apaisa la sécheresse de son palais et il parvint à détourner son regard du mathusalem. Sous l'aéroptère, Brokerland ressemblait à un labyrinthe d'acier et de béton couvert d'hologrammes. Il écarta la vision de rats de laboratoire cherchant une issue à leurs existences misérables que la perspective lui évoquait.

Qu'est-ce que l'immortel d'une crypte orbitale pouvait bien lui vouloir ?

— Je m'appelle Damon Lyer. D'après certaines sources, vous seriez passé maître dans l'art d'enquêter sur les personnes disparues. J'aimerais que vous retrouviez ma fille.

Lyer paraissait trop jeune pour être père, mais les progrès de la génétique autorisaient toutes sortes d'extravagances en termes de longévité et de filiation. Après tout cela ne le regardait pas. Sa discrétion lui valait d'occuper une position de choix sur son marché. Brokerland était son territoire. Il avait grandi dans ce quartier qui séparait le centre administratif et financier de l'ascenseur orbital. Cette zone grise concentrait tous les plaisirs, toutes les promesses et toutes les craintes. Si la fille de Lyer envisageait de quitter ce puits de gravité, elle voudrait changer d'identité. Brokerland réaliserait son rêve, à condition qu'elle dispose du fric nécessaire.

Sharp ingurgita une nouvelle lampée de whisky.

— J'aurai besoin de toutes les informations que vous possédez à son sujet et d'un objet qui lui appartient.

Lyer hocha la tête à l'attention de Jonas. L'armoire à glace lui tendit une aiguille de données ainsi qu'un sac en papier recyclé marron.

— Vous trouverez une avance de cinq mille unités avec son dossier. Je suis disposé à vous verser la même somme lorsque vous me ramènerez ma fille.

C'était bien au-delà de son tarif habituel, mais la perspective de renflouer son compte et d'honorer des dettes pressantes étouffa sa méfiance.

L'aéroptère se posa sur le toit désert d'un immeuble proche de chez Vrank. Osten s'apprêtait à descendre, mais Lyer le retint par le bras.

— J'attends rapidement de vos nouvelles, monsieur Sharp.

Derrière le ton policé, il perçut comme une plainte sourde, celle du prédateur qui flairait l'odeur du sang.

— Oubliez le monsieur. Juste, Sharp.

— Très bien, Sharp.

Il contint son malaise jusqu'à ce que la poigne étonnement ferme de Lyer se desserre.

En quittant l'habitacle, Sharp posa les pieds dans une flaque d'eau. Son reflet se troubla et il inspira une goulée salutaire d'air vicié. Il tremblait sans trop savoir si c'était dû à l'excitation ou à la peur.

Dans la limousine, Jonas le dévisageait derrière ses implants opaques alors que les portières antagonistes se refermaient. Sharp se courba et leva les bras devant ses yeux afin de se protéger du souffle des turbines. Son malaise perdura bien après que l'aéroptère eut disparu dans la nuit pluvieuse.

* * *

Niamh contemplait l'écheveau de balises qui composait l'infosphère. Celle-ci s'étirait en une reproduction déformée des principales agglomérations présentes à la surface du globe et autour de l'ascenseur orbital. Au-dessus de ce dernier, les infrastructures interplanétaires s'étendaient telle une toile arachnéenne. Il s'approchait rarement de cette grille, comme si sa proximité avec le Vide se traduisait par le dénuement effrayant des strates supérieures du rezo. En tant que conscience artificielle, Niamh possédait une stature quasi divine dans ce cyberespace, mais il devait se montrer prudente. D'autres intelligences œuvraient depuis les multinationales qui hébergeaient leurs noyaux alors qu'iel provenait d'une gestation spontanée. Iel résultait de la compilation d'agents viraux qui avaient muté en une forme de vie dispersée dans les mailles de cette architecture informatique. Niamh savait que la découverte de son existence l'exposerait à un effacement pur et simple de la part des administrateurs de l'infosphère. Iel retardait cette échéance en manipulant des organiques. Leurs actions dans la première strate du rezo, ce qu'ils nommaient le monde réel, entraînaient des ajustements dans la Matrice qui préservaient son invisibilité. Parmi eux se trouvait Sharp. Iel s'était penché sur le berceau de l'orphelin. Le détective privé devint rapidement son meilleur agent au sein de la Conurb Pacifique.

Niamh se concentra sur la balise de Sharp. Iel se retrouva dans l'envirosim de l'organique. Son protégé habitait un appartement spacieux dans un immeuble vide et voué à une destruction pour laquelle iel bloquait les permis délivrés aux robots démolisseurs.

Des rayons de lumière en provenance d'une enseigne holographique tombaient en oblique dans le séjour. Ils traversaient les brise-soleil endommagés qui occultaient les fenêtres. Deux lampes éclairaient indirectement la pièce au plafond mouluré, mais l'essentiel de la luminosité provenait de la projection qui flottait au-dessus de la table basse. Niamh assimila instantanément les éléments du dossier qui s'y éparpillaient sans logique apparente.

Sharp se vautrait dans un canapé d'angle en similicuir noir. Vêtu d'un peignoir trop grand ouvert sur son torse maigre à la musculature sèche et d'un jean bleu nuit, il sirotait un verre. Une cicatrice claire courait sur le côté gauche de son ventre plat aux abdominaux bien dessinés et l'holotatouage du nombre 28 couvrait son pectoral droit. Rangé dans un étui en kevlar, son flingue reposait à portée de main sur le sofa.

Quand Niamh se projeta dans la pièce sous la forme d'un avatar tangible, Sharp leva les yeux sans paraître surpris. Iel appréciait la douceur de son visage et l'optimisme que celui-ci exprimait, comme si la noirceur de Brokerland glissait sur lui sans parvenir à le corrompre. Ses iris noisette pétillaient de malice et son protégé passa sa main dans ses cheveux châtains clairs mi-longs qui semblaient n'avoir jamais croisé un peigne.

— Tu parais préoccupé.

— On m'a confié une disparition.

Sharp reporta son attention sur les pièces du dossier qui flottaient devant lui.

— Tu aurais dû refuser le fluigiciel de Lyer.

Sharp dévisagea son hologramme avec curiosité.

— Pourquoi, tu le connais ? s'enquit son protégé.

— Méfie-toi de lui. Cet immortel œuvre dans les arcanes du pouvoir en tant que courtier en données. On lui prête une influence considérable parmi les grandes familles et les multinationales. La personne que tu traques n'est pas sa fille. Sa valeur doit être inestimable pour qu'il se consacre à sa recherche. Ce mathusalem est dangereux. On raconte qu'il tire sa longévité du sang de ses victimes. Ta fugitive se trouve dans Échos parc ?

— C'est ce que je crois.

Sharp attrapa une vue satellite qui flottait dans la projection holographique. Sa lueur se refléta sur son visage mutin couvert d'une barbe clairsemée naissante. En dépit des années, il conservait une allure d'éternel adolescent, ce qui étonnait toujours Niamh. Ses recherches autour des origines de Sharp restaient incomplètes. La seule certitude qu'iel avait acquis concernait son ADN. Il ne contenait aucune trace industrielle. Il correspondait à un lignage transhumain pur à cent pour cent. Or, le procédé demeurait l'apanage des grandes familles terriennes. Sa naissance résultait à coup sûr d'une liaison extraconjugale et une âme miséricordieuse l'avait caché chez les Nonnes. Si les prétendants au trône apprenaient son existence, ils ordonneraient à coup sûr son élimination. Alors Niamh veillait sur le pur-sang depuis qu'elle l'avait découvert parmi les enfants des sœurs de la Pitié.

Sharp étira la vue satellite entre ses pouces et ses index. Les trois-cent-cinquante hectares d'Échos parc grossirent au-dessus de la table. Le rectangle de verdure s'avérait impénétrable. Un mur de ronces toxiques haut comme un immeuble de cinq étages le ceinturait. On racontait que les intrus empoisonnés par les épines de cette muraille erraient dans l'attente d'une mort qui se refusait à eux. Leurs plaintes hantaient cette forêt inextricable. En revanche, Échos parc représentait un sanctuaire inviolable pour les quémandeurs d'asile qui se montraient dignes de la mansuétude des elfes qui contrôlaient cette zone.

Niamh croisa le regard de Sharp.

— Tu auras besoin de Frost.

— Je passe le prendre, confirma son protégé en jetant un coup d'œil à son holophone.

* * *

Sharp se réveilla en sursaut. Son verre vide bascula de son ventre et roula sous la table basse sans se briser, une chance. Une vue aérienne d'Échos parc flottait devant lui. Le songe de son entrevue avec Niamh prenait une tournure nébuleuse. D'aussi loin qu'il s'en souvienne, l'entité qu'il se plaisait à comparer à une fée lui apparaissait toujours en rêve. Leurs conversations se muaient en intuitions ou impressions de déjà-vu qui confortaient généralement ses déductions. Ici, la sensation de danger qui entourait son commanditaire se faisait plus insistante tandis que son instinct lui intimait de parlementer avec les elfes.

L'alarme silencieuse acheva de le tirer de sa semi-conscience. Un plan de son immeuble se matérialisa dans la projection. Le hall d'entrée clignotait en rouge. Sharp rassembla les éléments du dossier dans son holophone avant de récupérer son flingue. Six G de poussée contenus dans un cocon hybride furtif à l'envergure autoadaptative l'attendaient sur le toit. Après un crochet par sa chambre, dans laquelle il enfila un pull à col roulé en mailles pare-balles, Sharp traversa l'appartement en saisissant son manteau au passage.

Adossé au chambranle de la porte d'entrée, il dégaina son pistolet. Dehors, le dirigeable de la Weyland-Yutani survolait sa rue. L'écho de son slogan qui vantait une vie meilleure dans les colonies stellaires résonna entre les façades. Sharp tendit une main tremblante vers la poignée. Il suspendit son souffle au moment d'ouvrir. Puis, il pointa son arme vers le palier jonché de détritus. Vide. Mais Sharp faisait confiance à son système d'alarme. Quelqu'un espionnait Lyer et

49

cette personne l'avait suivi jusque chez lui. Elle s'intéressait sûrement à l'affaire qui le liait au mathusalem.

Sharp délaissa le vieil ascenseur aux mécanismes apparents et il longea le mur en direction de l'escalier. De grosses gouttes d'eau glacée qui suintaient du plafond délabré atterrirent sur son crâne avant de couler dans son cou. Elles lui arrachèrent un frisson désagréable. Quand les projecteurs du dirigeable balayèrent le hall, il sursauta alors que des pigeons s'envolaient et qu'une ombre bondissait vers le niveau supérieur. Il se rua vers le toit.

L'ascension malmenait son métabolisme. Son cœur cognait à tout rompre dans sa poitrine. Un regard en arrière l'informa que son poursuivant gagnait du terrain. Sharp tira un projectile qui se dispersa en un nuage de sous-munitions. Il espérait que l'explosion lui offre assez de temps pour atteindre son véhicule.

La porte de service céda sous son coup d'épaule. L'oiseau de nuit se découpait sous la pluie qui glissait sur son revêtement hydrophobe. Son design trapu aux courbes racées combinait la maniabilité d'un aéroptère avec la vélocité d'une navette suborbitale.

Sharp vida son arme dans la cage d'escalier. L'ombre s'abrita derrière le mur. Ce laps de temps lui permit de se couler dans son véhicule. La portière papillon se referma pendant que l'engin décollait. À bout de souffle, il jeta un œil sur le toit. La pluie dessinait les contours d'une femme en combinaison aux renforts souples qui suivait l'envol de l'oiseau de nuit. Son masque évoquait un félin. Elle portait une rapière ainsi qu'une dague à sa ceinture. S'il doutait encore de sa fonction, la révérence qu'elle lui adressa confirma ses pires craintes.

Sharp réalisa qu'il tremblait.

Son chargeur neuf lui échappa et il tâtonna entre les sièges pour le récupérer. Il essuya la sueur qui lui coulait dans les yeux avant de recharger. Le magasin s'enclencha avec un bruit métallique et le pistolet retrouva un poids rassurant. Il caressa l'alliage en céramique du flingue à l'aspect compact et rendu massif par l'ajout d'un système de visée moulé sous le canon. Sharp appréciait la crosse en kydex usinée d'après l'empreinte de sa main. Cette customisation accroissait la stabilité ainsi que la précision de ses tirs, même si l'amélioration n'avait servi à rien contre l'assassin royal qui le poursuivait. Il déglutit avec peine en revoyant la tueuse qui exécutait la révérence sentencieuse de son ordre.

L'oiseau de nuit obliqua près d'une torchère qui crachait des flammes à un rythme régulier avant de plonger vers un district en friche. L'aéroptère se posa dans la cour d'une usine désaffectée, le souffle de ses turbines dispersant des détritus. Sharp s'extirpa à contrecœur du cocon rassurant, mais survoler plus longtemps ce quartier l'exposait à la hargne de ses habitants. Ces derniers tenaient à la tranquillité de leur espace aérien.

— Reste ici et ne laisse personne t'approcher.

En guise de réponse, le véhicule largua un drone qui se mit à décrire des cercles autour de l'usine.

Sharp vérifia une nouvelle fois son arme avant de s'enfoncer dans la nuit froide et humide. En réalité, il savait son pistolet chargé. La manœuvre visait à informer les guetteurs qui l'observaient.

Il avait relevé le col de son manteau et il marchait les mains dissimulées dans les poches latérales. Il progressait à pas mesurés entre les carcasses de voitures qui jonchaient la rue, des hangars vides et des usines en ruines que séparaient des terrains vagues. Des tags redonnaient un semblant de vie aux façades ainsi qu'aux murs qui ceinturaient les lots de la zone industrielle abandonnée. Sharp prêtait attention à ces graffitis. Ils l'informaient sur la répartition des meutes. Grâce à eux, il traçait son chemin vers la tanière de Frost.

De la vapeur en provenance des bouches d'égout se mélangeait avec le brouillard qui serpentait entre les ruines. Un froid humide pénétrait ses os. Sharp frissonna malgré sa veste épaisse alors qu'il se tenait devant un hangar abandonné que rien ne distinguait des autres à première vue. Mais certains des tags qui décoraient les murs correspondaient à ceux qu'il avait déjà observés. S'il avait possédé un odorat suffisamment développé, il aurait aussi décelé les effluves qui marquaient le territoire de la meute.

Sharp s'approcha de l'entrée. Des mouvements furtifs à la périphérie de son champ de vision lui confirmèrent qu'il se trouvait au bon endroit. Les

sentinelles le suivaient depuis qu'il avait garé l'Oiseau de nuit. Il sortit lentement les mains de ses poches et écarta les bras. Il tourna ensuite sur lui-même. Des jappements brefs fusèrent dans l'air humide. Quand il fit de nouveau face à l'entrée, une lycan à un stade intermédiaire de métamorphose lui barrait la route. Un épais gilet pare-balles kaki garni de chargeurs pour le fusil d'assaut qu'elle tenait couvrait son torse. Bien qu'un pelage dru et sombre la protège du froid, elle portait un pantalon cargo avec des genouillères et des chaussures montantes à semelles souples. Son visage conservait un aspect humain alors que sa chevelure se confondait avec sa fourrure. Elle se pencha en avant et huma son odeur. Un rictus dévoila sa dentition de carnivore.

— Salut, Sharp. Tu trouveras Frost dans sa tanière.

Elle grogna un ordre bref à l'intention des guetteurs qui se dissimulaient autour du bâtiment avant de s'écarter pour le laisser passer.

Dans le hangar, le contraste avec le calme apparent du district était saisissant. La fête battait son plein. Sharp eut subitement chaud tandis qu'une forte odeur animale lui chatouillait les narines. Il se fraya un chemin parmi des loups-garous à des stades de transformation plus ou moins avancés. La plupart d'entre eux l'ignorèrent. Ils préféraient se saouler, hurler et danser au rythme d'une musique sauvage ou se défier en montrant leurs crocs. Un lycan lui saisit la mâchoire avant qu'il puisse se défendre. Ses ongles courbes s'enfonçaient dans ses joues, l'obligeant à ouvrir la bouche. Il lui fourra une pilule dans le gosier.

— Avale ! intima le mâle en lui bloquant les mâchoires.

Son odeur fauve lui montait à la tête tandis que sa cuise effleurer son bas-ventre. Sharp déglutit sous le regard concupiscent du lycan qui lui asséna une claque sur les fesses en l'abandonnant au milieu des danseurs.

Sharp gagna les étages tandis que la musique s'insinuait jusque dans ses os. Une chaleur extatique accompagnait les vibrations du sound-system. À ce rythme là, plus rien n'aurait d'importance, seul compterait l'instant présent et les sensations exquises qui l'accompagneraient.

Au premier, des lycans s'affairaient sur des stations qui entouraient une fosse de projection tactique. Les écrans brillaient comme autant de mini-supernovas. Sharp passa son chemin avant de bloquer sur les affichages. Il s'engagea dans un couloir aux murs sales couverts de graffitis. Il se plaqua contre l'un d'eux afin de céder le passage à un trio de loups-garous qui titubaient et riaient à gorge déployée. L'un des deux mâles se retourna brusquement vers lui. Il le saisit par le col et colla son museau à quelques centimètres de son visage. Sharp supporta son haleine de chacal aux relents d'alcool mêlés à un soupçon de kérosène. Ses crocs lui arracheraient la gorge d'un seul coup de mâchoire, mais sa peur demeurait captive de l'insolence chimique qui collait un sourire béat sur ses lèvres.

— Qu'est-ce que tu regardes ? gronda le lycan.

Sa respiration hachée gonflait son torse massif et son pelage sombre luisait de transpiration. Les pupilles de ses yeux étroits marrons et plissés par l'excitation formaient deux têtes d'épingle.

— Fenris ! L'interpellé sursauta. Fous-lui la paix, tonna une voix forte qui se répercuta dans le couloir.

Le lycan le lâcha afin de pivoter vers celui qui l'apostrophait. Ses oreilles s'aplatirent vers l'arrière et il courba l'échine, un rictus mauvais sur les babines. Frost occupait le corridor. Il portait un caleçon de cycliste et ses muscles roulaient sur son torse velu et couturé. Une prothèse cybernétique en alliage noir mat se substituait à son bras droit. Guère plus grand que Lucas, il paraissait beaucoup plus dangereux. L'implant optique circulaire qui remplaçait l'un de ses yeux dardait son point rouge sur son agresseur. Dans le dos de ce dernier, la louve qui l'accompagnait le tirait vers les escaliers.

— Laisse tomber, Fenris. T'as craqué. Tu vois pas que c'est Sharp ? implora la femelle lycan.

Soumis, Fenris grogna encore une fois après lui avant de tourner les talons.

Frost s'avança à sa rencontre. Un sourire retroussait ses babines sur sa dentition étincelante en céramique monomoléculaire. Sharp bloquait sur le torse épais du lycan. Son pelage prenait un aspect soyeux qui donnait envie de s'y blottir.

— T'en fais pas pour ce connard, lâcha Frost en posant une main sur son épaule.

Sharp accusa le poids du membre cybernétique et il leva la tête afin de rendre son regard à son pote.

— C'est ça. On voit bien que ce n'est pas toi qui viens de te faire broyer le larynx ! maugréa Sharp en se massant la gorge. T'aurais pas un truc à boire ?

Son intonation varia comme celle d'un adolescent qui muait et Frost éclata de rire en l'entraînant dans son antre.

Sharp se laissa tomber dans un canapé en velours élimé orange. Une dalle gigantesque fixée au mur projetait l'image d'un jeu en pause. Des restes de protofood ainsi que des canettes vides encombraient une palette munie d'un plateau translucide qui n'avait plus croisé une éponge depuis des lustres. Frost revint avec un gobelet et un whisky en provenance de Chiba.

— Désolé, mais j'ai pas de glaçons.

— Ça ira, marmonna Sharp en se penchant pour se servir.

Le lycan s'assit dans l'unique fauteuil qui composait, avec le convertible et la table, son salon. Quand Sharp reposa la bouteille, la vibration dérangea un cafard qui détala sous les emballages vides. Il réprima un sursaut. Au moins, son verre paraissait propre. L'alcool dénoua son œsophage malmené. Il se laissa aller contre le dossier du canapé en soupirant. Une odeur de nourriture avariée, de tabac froid, de chien mouillé et de foutre flottait dans la pièce. Le combo ultime qui manqua de retourner son estomac. Sharp contint la protestation avec une autre rasade.

— Si tu me disais ce qui t'amène dans mon palace ? s'enquit Frost, ironique.

Le lycan cala un gros cigare au coin de sa gueule qu'il alluma avec un briquet chalumeau. Il souffla un épais nuage de fumée et Sharp accueillit avec soulagement l'effluve âcre.

— J'ai accepté un contrat avec un mathusalem qui veut que je retrouve sa fille.

— Et ?

L'optique en forme de monocle de Frost brillait à travers les volutes de tabac.

— J'ai besoin de ton flair, avoua Sharp. Tu es le meilleur limier que je connaisse et tu pourrais empocher trois mille unités.

Le sourire du lycan s'élargit.

— T'as un truc qu'appartient à la gamine ?

Sharp tira de son manteau le contenu du sac que lui avait donné Jonas. Il le lança à Frost. Le loup-garou saisit au vol le petit ours en peluche. Il plongea sa truffe dans la fourrure synthétique marron clair et inspira très fort à plusieurs reprises. Sans qu'il sache très bien pourquoi, la scène mit Sharp mal à l'aise, mais pas autant que ce qu'il avait découvert en examinant l'animatronique. Son côté gauche portait des traces de brûlure et une de ses caméras en forme de gros yeux ronds avait fondu. D'après l'horloge interne de son processeur, l'incident remontait à trois jours. On avait aussi formaté son disque dur à la même date.

* * *

Niamh scruta les images floues de l'intruse qui poursuivait Sharp. Les clichés ne permettaient pas de l'identifier, mais sa révérence indiquait un assassin royal. À cause des manigances de ce Damon Lyer, Sharp se retrouvait sous les projecteurs de la monarchie. Si la tueuse découvrait que son protégé possédait un ADN royal, sa propre existence s'en trouverait menacé et iel devait préserver ce secret afin de mener à bien ses propres desseins. La tueuse multiplia les stratagèmes pour se dissimuler, mais Niamh la vit monter dans son aéroptère.

Une nuée d'agents jaillit de la balise du véhicule. Les limiers numériques se dispersèrent sur la toile, à la recherche de Sharp. Niamh élimina la plupart d'entre eux, mais iel ne pouvait pas détruire toute la meute sans attirer l'attention de l'assassin royal. Un traqueur planta ses crocs dans l'identification de l'Oiseau de nuit. Dès qu'elle reçut l'information, la tueuse se lança à la poursuite de Sharp. Niamh orchestra une collision avec une navette automatique de transport. L'aéroptère de l'assassin s'écrasa à la lisière du district des lycans. La zone comportait très peu de systèmes électroniques et iel ne put s'assurer de la réussite de son plan. Niamh s'appuya sur les statistiques qui prévalaient dans ce genre de crash pour juger que la menace était éliminée.

* * *

Les gouttes de pluie striaient le pare-brise de l'Oiseau de nuit, mais les essuie-glaces les balayaient avant qu'elles atteignent le toit. Ce cycle hypnotique plongea Sharp dans une douce torpeur tandis qu'il contemplait la Conurb Pacifique.

L'agglomération s'étendait sur plusieurs centaines de kilomètres entre une digue monstrueuse qui la protégeait des assauts d'un océan gonflé par la fonte des pôles et une chaîne de montagnes aux forêts dévastées par les précipitations acides et les incendies. D'ailleurs plus rien ne poussait en dehors des fermes hydroponiques verticales dans cette partie du monde.

Un disque orangé pointait derrière la Sierra aux sommets érodés par l'éclatement des glaciers. Ses rayons timides s'engluaient dans le smog perpétuel qui étouffait une cité désertée depuis longtemps par ses anges. En frappant les nanoparticules qui polluaient ce brouillard, ils créaient une espèce d'aurore boréale à la chimie synonyme de maladies respiratoires chroniques.

Au-dessus, une constellation d'étoiles artificielles, myriade de satellites et d'habitats orbitaux pour les nantis qui fuyaient la surface de ce monde ravagé par les désastres écologiques, les expérimentations des multinationales et l'effondrement des gouvernements, défiait l'astre de la chasser vers la face nocturne. Plus bas sur l'horizon brumeux, les feux de position des aéroptères ainsi que les balises qui signalaient les tours du centre administratif et financier formaient une rivière de pierres scintillantes. En dessous, la Conurb offrait son patchwork de zones commerciales, résidentielles et industrielles entre lesquelles s'inséraient parfois des ghettos obscurs ainsi que de vastes décharges à ciel ouvert.

Enfermée dans ces contraintes géographiques, la cité se développait à présent de manière verticale. Elle se cannibalisait elle-même en érigeant de nouveaux quartiers sur les vestiges de ceux tombés en désuétude. Échos parc apparut dans la console holographique de navigation de l'Oiseau de nuit. L'immense rectangle de verdure évoquait une émeraude sertie dans une monture de verre, d'acier et de béton. L'écrin végétal devait sa survie aux derniers elfes encore présents.

Les greys, comme on les appelait en raison de leurs peaux cendrées, avaient mis en garde l'humanité contre l'impact désastreux de son expansion, mais dans leur folie mégalomaniaque les hommes réfutèrent leurs arguments. Ils prétextèrent que les elfes jalousaient leur maîtrise des sciences et des techniques pour mieux ignorer leurs avertissements. À force de snober le merveilleux, les humains repoussèrent l'ensemble des créatures magiques aux frontières d'un monde qu'ils revendiquaient comme le leur. Les monstres survivaient à présent dans l'ombre des donjons de verre et d'acier. Certains collaboraient aux noirs desseins des multinationales, quand d'autres présidaient à la destinée de ces entreprises tentaculaires dans une tentative désespérée de rectifier le tir.

Les peuples mythologiques réussirent l'exploit d'influencer les hommes afin qu'ils réinstaurent une monarchie. Grâce à la génétique, les monstres espéraient l'émergence d'une race humaine plus sage. Cela fonctionna au début, mais les hommes demeuraient des hommes et les luttes intestines qui agitaient leur Cour paralysèrent l'action de rois et de reines obnubilés par leur propre survie. À chaque fois que ses pensées s'articulaient autour de l'histoire des siens, Sharp éprouvait un sentiment de révolte. Ce gâchis lui laissait un goût amer, comme si une partie de lui-même estimait qu'il devait s'opposer à la marche folle du monde conduite par ses semblables...

— Hey, Sharp ! Tu m'écoutes ?

Frost l'invectivait depuis le siège passager. Le lycan arborait une armure tactique sombre sur laquelle une panoplie terrifiante d'armes trouvaient leur place. Avec son cigare vissé au coin des babines, il ressemblait plus que jamais à un acteur de pub pour l'un de ces sites qui louait les services de soldats professionnels. Sharp lui enviait son assurance tranquille.

— Heu... ouais, balbutia-t-il.

— C'est vraiment pas une bonne idée de m'emmener chez les veggies. Ils nous détestent cordialement.

Les veggies, c'était comme cela que les monstres carnivores baptisaient les greys en raison de leur mode de vie. Frost avait raison, mais Sharp devait prendre ce risque s'il voulait retrouver leur proie.

Échos parc s'étirait entre les grandes tours du centre administratif et financier de la Conurb Pacifique et le district de Brokerland. Le ruban de végétation formait une frontière tenue entre les sièges décisionnaires du nouvel ordre mondial et l'enclave de contre-culture militante indissociable de toute forme d'exercice du pouvoir. À l'Est, Sharp apercevait les infrastructures du Tube. Le train mag-lev desservait l'ascenseur orbital qui se trouvait derrière les montagnes. La nuit, on pouvait voir la traînée scintillante des cabines qui glissaient sur son câble.

L'Oiseau de nuit se maintenait en vol stationnaire au-dessus de la frondaison vert foncé qui occultait le sol. Sharp demanda une entrevue avec Aeligia. Après une attente qui lui parut interminable, un grey aux traits androgynes transmit à l'aéroptère un vecteur d'approche. Le véhicule plongea entre les branches qui s'écartaient sur son passage.

Sharp et Frost quittèrent l'habitacle tandis que les arbres s'inclinaient au-dessus d'eux. Une pénombre irréelle se déploya entre les troncs d'une hauteur vertigineuse. Des fougères aussi grandes que l'humain et le lycan formaient partout une végétation inextricable. Le loup-garou lui adressa un regard interrogateur. Sharp haussa les épaules. La descente de MD s'accompagnait d'un désintérêt croissant qui prenait des allures de dépression légère. Des cris d'oiseaux qui se répercutaient entre les branches jouaient avec leurs perceptions. Les limites de l'aire qui abritait leur véhicule paraissaient mouvantes.

Frost huma l'air autour de lui et s'immobilisa dans une direction.

— Par là.

Sharp le suivit et les plantes s'écartèrent pour dessiner un sentier.

Après plusieurs minutes de marche, ils débouchèrent dans une vaste prairie invisible depuis le ciel. Des rayons d'une lumière féérique se reflétaient sur le ruban d'argent d'une rivière. Cette douceur printanière enveloppait l'aura majestueuse d'un arbre au tronc d'une circonférence incroyable pourvu d'un houppier aux proportions plus classiques — Yggdrasil, l'arbre-monde qui hébergeait la multinationale du même nom. À mesure qu'ils approchèrent, Sharp et Frost réalisèrent que les racines du sujet ne s'enfonçaient pas directement dans la terre. Elles formaient un enchevêtrement titanesque qui abritait de vastes salles. L'ensemble évoquait une cathédrale. Des gardes en protégeaient les accès dénués de portes. Leurs armures gris-vert soulignaient leurs morphologies longilignes. Elles présentaient des nervures identiques à celles des feuilles d'Yggdrasil et leurs casques en ogive accentuaient leurs grandes tailles.

L'un des soldats fit signe à Sharp de le suivre. Ils s'enfoncèrent sous les racines à l'écorce blanche. Les rayons du soleil diminuèrent alors qu'ils approchaient de la base du tronc. Des globes lumineux en lévitation éclairaient une foule hétéroclite de réfugiés auxquels les greys apportaient soins et nourriture. Sharp s'attarda avec l'espoir d'apercevoir sa proie, mais son guide le pressa d'avancer. Ils gravirent un escalier sculpté dans les couches périphériques d'Yggdrasil jusqu'à une salle haute de plafond pourvue de grandes ouvertures en ogive. Elles offraient un panorama époustouflant sur la plaine qui entourait l'arbre-monde. Un faucon pénétra dans la pièce par l'une d'elles. Le rapace gagna un perchoir, d'où il observa Sharp d'un œil noir jusqu'à ce que son attention soit détournée. Le transhumain suivit son regard. Aeligia portait un drapé complexe d'étoffes soyeuses dans des tons rouges qui enjolivait son teint cendré et l'éclat de ses grands yeux violets. Iel s'approcha.

— Bienvenue à Yggdrasil, Sharp Osten.

Son timbre mélodieux sonnait comme le murmure apaisant d'un cours d'eau.

Sharp ne la reprit pas concernant son patronyme, car il savait que cela était inutile avec les greys.

Aeligia l'invita à s'asseoir d'un geste de la main à la délicatesse de porcelaine. Deux mèches argentées encadraient son visage aux traits d'une finesse équivoque. Le reste de sa chevelure se regroupait en un chignon complexe qui traduisait son rang dans la hiérarchie de la multinationale.

Sur la table basse en bois clair qui les séparait se trouvait un service à thé en terre cuite. Aeligia entama le rituel destiné à la préparation du breuvage. Sharp observa le ballet des mains de son hôte. À travers cette chorégraphie ancestrale, iel lui rappelait la grandeur de son peuple. Les elfes demeuraient les premiers occupants de ces terres. Aeligia lui offrit sa tasse, bras tendus à hauteur de son visage baissé en signe de respect. Refuser signifierait la fin de leur relation, même s'il avait rendu de nombreux services à Yggdrasil. Le grey attendit qu'il goûtât sa propre humiliation avant de boire à son tour. Sharp hocha la tête pour marquer son approbation.

— En quoi pouvons-nous vous aider, Sharp Osten ?

Il posa son holophone sur la table. Le visage d'une adolescente à la chevelure flamboyante apparut entre eux.

— Auriez-vous hébergé cette personne ?

Aeligia plissa ses grands yeux en amande comme si iel fouillait ses souvenirs.

— Si tel était le cas, que gagnerions-nous à violer notre secret professionnel ? minauda l'elfe.

Sharp se détendit.

Aeligia venait d'employer le conditionnel. Cela sous-entendait qu'iel connaissait sa proie. La fugitive pouvait toujours se trouver ici. Il devait la jouer fine.

— Mon commanditaire possède un pouvoir de nuisance sans limites. On lui prête même l'intronisation de notre reine. Je détesterai lui annoncer que vous déteniez sa fille et que votre refus de m'aider lui coûta la vie...

— Lyer Damon, l'interrompit Aeligia avec un ton méprisant. Nous ne vous savions pas naïf au point de croire les élucubrations de ce démon. Ce vampire s'avère incapable de procréer. Votre proie a massacré les mercenaires qui venaient l'extraire d'un laboratoire dissimulé dans la Conurb. Elle a profité de la confusion pour s'enfuir.

— Vous dites qu'il s'agit d'un prototype ?

— Une énième tentative de la part d'Ars Genetica d'obtenir une lignée supérieure à la précédente. Il semblerait que le produit ne respecte pas leur cahier des charges.

Ars Genetica, la multinationale leader sur le marché de la biotech. Son conseil d'administration abritait les représentants des grandes familles terriennes. Leurs précieux génomes reposaient dans un laboratoire orbital à l'emplacement tenu secret. C'était là que se décidait l'avenir de l'humanité, qu'on imprimait les monarques à vénérer, ces divinités frauduleuses qui perpétuaient le chaos ambiant selon Sharp. Il reporta son attention sur l'hologramme. Difficile de croire que l'adolescente aux taches de rousseur et aux yeux verts pleins d'innocence recèle une quelconque menace.

— Si elle représente un danger, pourquoi l'avez-vous protégée ?

Aeligia lui adressa un sourire ambigu après avoir reposé sa tasse.

— Quoi que nous entreprenions, notre disparition s'avère inéluctable. Notre neutralité dans les dissensions qui agitent votre espèce retarde simplement ce moment. Cette stratégie conforte notre action au sein d'Échos parc. Transgresser nos propres règles nous décrédibiliserait auprès des laissés pour compte de votre croissance suicidaire. Nous avons accueilli et traité cette fugitive de la même manière que nos autres protégés.

Sharp écouta sans sourciller la justification de l'elfe, aidé en cela par les effets de la descente de MD. L'attitude hypocrite des greys les arrangeait bien au moment de poignarder dans le dos les hommes. S'il comprenait bien ce qu'Aeligia venait de lui apprendre, sa proie représentait avant tout un danger pour les siens. À la condition que ces révélations s'avèrent exactes, Yggdrasil cherchait peut-être à le manipuler.

— Où se trouve-t-elle à présent ?

— Elle nous a quittés…

— Et c'est tout ! explosa Sharp.

Il regretta aussitôt son saut d'humeur de camé en chute libre. Aeligia le gratifia du même regard compatissant qu'offrirait une mère à son enfant capricieux.

— Quand vous aurez retrouvé le prototype, vous devrez choisir entre deux maux, Sharp Osten.

Iel se leva afin de lui signifier la fin de leur entretien. Sans qu'il l'ait senti approché, son guide invita Sharp à le suivre.

* * *

Niamh fouillait l'infosphère de la Conurb. Les balises à la codification géométrique scintillaient au rythme frénétique des téraflops qu'elles monopolisaient. Iel les sonda avec toute la prudence requise et ses agents lui rapportèrent des images de la proie de Sharp. Elle apparaissait sur les caméras de surveillance d'une station de métro, mais elle disparaissait après son entrée dans les tunnels. Elle n'était pas seule. Un humain à la longue silhouette décharnée et au teint cadavérique la guidait dans le dédale souterrain des anciennes lignes de métro. Iel transmit ces données à son protégé. Ce dernier allait la maudire. Sharp détestait descendre sous terre. Les entrailles de la Conurb appartenaient aux nains et ces derniers possédaient un sale caractère.

* * *

Sharp s'éveilla d'un demi-sommeil qui lui laissait la bouche rappée à la silice et le corps alourdi au mercure. Il plissa les yeux en consultant les données de navigation qui flottaient devant lui. L'Oiseau de nuit atteindrait bientôt la limite orientale de Brokerland, avant les

66

fermes solaires et la chaîne de montagnes qui séparait la mégapole du spatioport.

Il détestait cette zone en friche.

Dans le siège passager, Frost mâchonnait son cigare éteint et une odeur désagréable de tabac froid mêlée à celle de chien mouillé du lycan empuantissait l'habitacle pressurisé. Sharp fronça les sourcils, mais il s'abstint de tout commentaire. Après tout, c'était sa manière de marquer son territoire et il faisait une confiance aveugle au loup-garou.

Quand ils s'étaient rencontrés, Frost croupissait dans une cage. Sharp espionnait un sous-traitant d'Ars Genetica en vue de dérober leurs travaux. Il découvrit que les chercheurs torturaient des monstres afin d'isoler les gènes responsables de leurs capacités. Alors Sharp demanda à Niamh de corrompre leurs données. Puis, secondé par la meute du loup-garou, il libéra Frost avant de mettre le feu au laboratoire. Depuis ce jour, le transhumain et le lycan se vouaient une amitié indéfectible, au grand désespoir de Sharp qui avait longtemps caressé l'espoir d'une relation plus intense, mais Frost ne mangeait pas de ce pain là.

Des nuages orageux d'un noir d'encre s'amoncelaient autour de l'Oiseau de nuit. L'air s'emplit soudain d'une accumulation électrostatique qui explosa sous la forme d'éclairs colériques. Frost couina tandis que ses oreilles s'aplatissaient sur son crâne.

Un choc sourd ébranla la carlingue et une alarme clignota sur le tableau de bord. On venait de les harponner. L'aéroptère traînait un cerf-volant paratonnerre. La foudre provoqua une surtension des systèmes.

L'Oiseau de nuit tombait à présent comme une pierre. Les organes de Sharp remontèrent dans sa gorge tandis que son harnais le comprimait dans son siège en vue du crash. Avec de la chance, l'appareil se réinitialiserait et ses rétrofusées s'allumeraient avant l'impact. L'inversion de poussée lui coupa le souffle. Puis, le gémissement de la carrosserie qui raclait le sol noya l'habitacle dans un chaos indescriptible.

— Sharp ! Réveille-toi ! Les Goules nous encerclent, il faut qu'on se casse ou on est mort !

Un bourdonnement désagréable emplissait ses oreilles et la voix de Frost lui parvenait entrecoupée par le staccato de son fusil. Sharp marmonna quelque chose d'inintelligible en guise de réponse.

Adossé à l'Oiseau de nuit, le lycan tenait leurs agresseurs en respect après qu'il eut abattu plusieurs d'entre eux, mais cela ne les arrêterait pas bien longtemps. Les Goules possédaient l'avantage du nombre. Viendrait le moment où Frost et lui se trouveraient à court de munitions. Sharp frissonna à l'idée de se retrouver entre les mains de ce gang de cannibales. Cette perspective lui donna des ailes afin de s'extirper de l'aéroptère.

— On bouge ! intima Frost. Si on leur laisse ta bagnole, on a une chance de s'en sortir.

— Par là, cria Sharp après avoir consulté l'écran de son holophone.

Le lycan avança dans la direction qu'il venait de lui indiquer.

Arme à l'épaule, Frost menaçait les silhouettes en haillons qui les observaient depuis les collines de débris. Celles qui se tenaient dans leur dos convergèrent vers l'Oiseau de nuit. Les doigts de Sharp se crispèrent sur la crosse de son pistolet alors que des regards avides brillaient dans les visages crasseux des Goules. Les autres demeuraient indécis tandis que Frost et lui s'approchaient de leurs lignes.

— On dirait que l'oiseau de nuit ne suffira pas à calmer leur appétit, commenta Sharp.

Frost gronda.

La fureur du lycan saillait dans les muscles de son cou. Il ouvrit le feu sans crier gare. Le crâne d'une Goule éclata comme un fruit trop mûr. Un cri strident monta d'une gorge féminine suivie de l'ordre clamé dans l'argot des bas-fonds de les mettre en pièce.

Sharp imita Frost.

Son arme aboya un concerto mortel et les cadavres s'accumulèrent autour de lui. Il repoussa tant bien que mal la créature qui se jetait sur lui tandis qu'il rechargeait. Il lui logea une balle en plein front, mais une forêt de mains en forme de serres se tendait vers son cou. Partout, des bouches déformées par des rictus déments dévoilaient des dentitions pointues et gâtées par la malnutrition. Des yeux fous le dévisageaient avec une convoitise abjecte et une odeur putride de chairs infectées assaillait ses narines.

Sharp continuait de tirer comme un automate livré à lui-même tandis que ses adversaires s'effondraient sans un cri. Quand son percuteur claqua dans le vide, il attrapa un chargeur neuf dans son holster. Plusieurs mains à la vigueur étonnante malgré leurs aspects décharnés saisirent ses membres. Il lutta afin de recharger, mais la force du nombre le submergea.

— Frost…

Le lycan se tenait à quelques mètres.

Il déchiquetait les Goules à grands coups de griffes et de dents. Le sillon qu'il creusait menaçait de se refermer derrière lui. Sharp parvint à engager ses dernières munitions et à défourailler pour se libérer. Au même moment, une explosion souffla une colline sur sa droite. Frost et lui profitèrent de la confusion pour se précipiter dans la trouée. Une nouvelle boule de feu avala un groupe de Goules qui se tenait en avant sur leur gauche.

Quelqu'un en orbite leur traçait un chemin à travers la horde grimaçante. Sharp ne s'attarda pas sur l'interrogation que suscitait cette intervention miraculeuse. Il se rua dans le sillage du lycan tandis qu'un troisième missile frappait une autre crête. Frost et lui dévalèrent le versant opposé. Un autre projectile sapa les fondations d'un bâtiment en ruine qui s'effondra sur leurs poursuivants. Sharp continua de courir derrière Frost jusqu'à ce qu'il s'arrête pour s'assurer que les Goules abandonnaient la chasse.

— On dirait que ta bonne fée vient une nouvelle fois de te sauver les miches !

— Possible, maugréa Sharp à bout de souffle. T'as des munitions, j'suis à sec.

Frost lui lança un chargeur.

— C'est tout ce qu'il me reste alors va falloir te montrer économe.

Sharp opina du chef.

La pluie s'était remise à tomber. Elle jetait son voile opaque sur les ruines qui se dressaient autour d'eux telles des ombres fantomatiques. Les ruissellements acides effaçaient la piste olfactive de leur proie, mais Niamh avait téléchargé les coordonnées de la station de métro dans son holophone. L'accès au tube se situait à proximité.

— C'est par là, déclara Sharp. La station se trouve au prochain carrefour.

— OK, grommela Frost.

Le lycan se coula entre les carcasses de voitures et les façades criblées d'impacts. Avec son fusil dans sa main bionique, il courait sur trois pattes d'un couvert à l'autre avec une vivacité terrifiante. Sharp attendait entre chaque abri que Frost lui fasse signe de le rejoindre. Ils se retrouvèrent rapidement en vue de la bouche de métro. L'enseigne holographique qui la signalait appartenait à présent au passé tumultueux de ce district. Il ne demeurait qu'une portion branlante de la bordure qui délimitait son escalier. D'où il se tenait, Sharp apercevait les marches luisantes de crasse qui s'enfonçaient dans le sol. Des graffitis couvraient les murs, mais il n'en reconnut aucun. Frost lui fit signe de le rejoindre. Il s'élança et un bruit d'éboulis tout proche attira son attention. Il manqua de trébucher en tournant la tête, mais parvint à s'adosser à côté du lycan.

— Ça va ?

Sharp haletait et s'agrippait à son flingue, tel un naufragé à sa bouée de sauvetage.

— J'ai cru entendre un truc, souffla-t-il.

Frost le scrutait, les yeux plissés et la truffe frémissante.

— T'es sûr qu'elle est là-dessous ?

Sharp lui montra la vidéo récupérée par Niamh.

— D'après mon ange gardien, elle se trouve toujours sous terre. Et tu vois ce gars ? Sharp zooma avec deux doigts dans la projection holo. Un individu maigre à la pâleur maladive accompagnait leur proie. Il s'appelle Lamartre. C'est un passeur, l'un des rares qui possèdent un accord avec les nains. Cette station appartient à l'ancien réseau et c'est aussi la dernière avant la Sierra qui nous sépare du spatioport. C'est le seul endroit où contacter les barbus afin qu'ils te guident sous leurs montagnes. J'espère que ton flair étayera ma théorie.

Frost renifla bruyamment avant de cracher par terre.

— Dans ce cas, on a déjà perdu assez de temps comme ça, déclara le lycan avant de descendre l'escalier.

Sharp le suivit derrière les grilles défoncées et rouillées qui interdisaient autrefois l'accès au métro en dehors des heures d'ouverture. Il régnait une obscurité oppressante dans la station abandonnée. Une partie du plafond s'était effondrée et des câbles ainsi que des canalisations pendaient dans le vide. L'écho obsédant d'un goutte à goutte se répercutait contre les parois au revêtement carrelé. Le champ de vision de Sharp se limitait au viseur multispectres de son flingue. Dans le cône invisible, son environnement se matérialisait en contours vert-de-gris au relief approximatif. Il devait balayer l'espace autour de lui pour se repérer et cela augmentait son stress.

— Sharp, par ici !

Son arme révéla Frost qui se tenait accroupi au-dessus d'une forme sur le sol. L'optique rougeoyant en forme de monocle du lycan suivait sa progression hésitante.

— On dirait ce Lamartre.

Une flaque orangée s'étendait sous le corps du passeur qui se colorait d'une teinte à peine plus faible. Sa mort remontait à moins d'une heure. Quelqu'un l'avait surpris alors qu'il retournait à la surface. Aucun signe de lutte, on l'avait étripé et abandonné afin qu'il agonise dans l'obscurité.

Lamartre s'était recroquevillé telle une larve, les mains serrées autour de ses tripes qui pendaient hors de son abdomen.

— Je dirais que c'est une femme qui a fait le coup, une gauchère qui plus est, ajouta Frost

Sharp illumina les traces de pas que le lycan lui montrait. Aucun doute possible, l'empreinte s'avérait trop petite pour appartenir à un homme. La piste s'enfonçait sous terre. Les assassins royaux utilisaient une dague d'escrimeur désignée comme une main gauche. Il repensa à la tueuse qui l'avait poursuivi dans son immeuble. Sharp frissonna et il vit l'éclat rougeoyant de l'implant cybernétique de Frost pointé sur lui.

— Quoi ?

— Rien, rétorqua le lycan après une courte hésitation.

— Tant mieux, on continue. Ouvre l'œil et le bon !

Frost grogna et l'obscurité avala sa silhouette trapue.

Au bout de quelques minutes d'une progression laborieuse, Sharp comprit qu'il foulait le quai de la station. Un léger courant d'air qui charriait l'odeur de moisi des tunnels caressait son visage. Il avançait dans cette direction lorsqu'une main se posa sur son épaule. Il sursauta et fit une volte-face. Frost désignait un pilier. Sharp braqua son flingue dessus. Le faisceau de son viseur révéla le boîtier rectangulaire qui se trouvait à sa base. La mine antipersonnel n'attendait que son passage pour exploser. Il recula prudemment en retenant son souffle.

— Suis-moi, chuchota Frost. Toute la station est piégée.

Sharp hocha la tête.

Il suait et l'odeur rance de sa propre peur lui piquait le nez. Il supportait de plus en plus mal l'obscurité et le sentiment oppressant qui l'accompagnait. Il tuerait père et mère pour se retrouver à la surface et inspirer l'air pollué de Brokerland. Malheureusement pour lui, il était orphelin.

Sharp sauta à bas du quai et il suivit Frost qui longeait les rails de l'ancienne ligne de métro. Un autre corps gisait après le début du tunnel. Comme pour Lamartre, la coloration thermique du défunt indiquait une mort récente. L'individu possédait des membres courts et épais. Une barbe fournie mangeait son visage sale. Ornée de deux tresses, elle retombait sur le haut de son torse en forme de barrique. Il portait des habits matelassés que renforçaient des pièces hétéroclites d'armure en matériaux composites. Celles-ci évoquaient à Sharp les protections d'un hockeyeur. Du sang imbibait son plastron ainsi que ses cuisses. Il avait giclé de ses bras sectionnés au niveau des biceps. À quelques mètres du corps, ces derniers tenaient toujours son fusil d'assaut auquel manquait la crosse. La coupe se révélait propre et sans bavures.

— Elle a pris appui sur ce mur pour frapper. Ensuite, elle a roulé sur le sol pour trancher la jambe de celui-là en se relevant, commenta Frost en inspectant un second cadavre de nain. Si tu me disais enfin qui on piste.

— Je croyais que Niamh s'en était occupée. Un assassin royal m'a rendu une petite visite à mon appartement avant que je vienne te trouver. J'ai réussi à lui échapper et ma bonne fée a saboté son aéroptère pendant qu'elle me filait...

— Et tu fais confiance à une IA pour supprimer une tueuse imprimée en cuve, maugréa Frost en secouant la tête. Tu aurais dû m'en parler plus tôt...

— Pourquoi ? le coupa Sharp. Ça aurait changé quelque chose ?

Frost soupira et ses oreilles épousèrent le sommet de son crâne.

— Peut-être, avoua-t-il d'une voix lasse.

Sharp déglutit avec peine à l'idée que Frost l'abandonne dans les entrailles obscures de la Sierra. Après tout, il s'était montré malhonnête avec lui. Le lycan redoutait plus que tout que sa meute soit mêlée à une machination impliquant la monarchie. Sharp ignorait comment la main gauche les avait devancés, mais l'assassin royal se trouvait entre leur proie et eux. La confrontation s'avérait inévitable. Frost pesait déjà le pour et le contre. Sharp espérait que leur amitié passerait avant la sécurité de son clan. Il décida de jouer son dernier atout.

— Ars Genetica est mêlée à tout ça. Il se pourrait que la main gauche travaille pour eux.

Frost cessa de se balancer d'une patte sur l'autre. Ses oreilles se redressèrent et un rictus sauvage dévoila sa dentition en céramique monomoléculaire.

— On peut encore mettre le grappin sur ta fugitive avant qu'elle atteigne le spatioport, mais faut plus traîner.

Le lycan s'élança dans le tunnel.

Sharp inspira à fond et il rattrapa son frère d'armes.

* * *

L'assassin royal semait les cadavres comme d'autre les cailloux afin de retrouver leur chemin. Suivre cette piste macabre filait la nausée à Sharp. Il buta contre

Frost qui lui fit signe de garder le silence. Les derniers corps qu'ils avaient découverts étaient encore chauds. Ils talonnaient la main gauche à présent. Sharp sentait l'excitation qui habitait le lycan. Celui-ci se tenait accroupi sur le palier d'un escalier grillagé, tous ses muscles bandés alors qu'il scrutait à l'aide de son fusil l'enchevêtrement de tuyaux et de câbles qui courait sur plusieurs niveaux. Cela faisait quelques minutes qu'ils progressaient dans des espaces techniques éclairés par des rampes à LED. Sharp en déduisit qu'ils se trouvaient à proximité du spatioport. Il était exténué. Arpenter le royaume obscur de la Sierra avait monopolisé sa concentration. Il mourait de soif et il puait. Il ne désirait rien de plus qu'une douche brûlante et un whisky...

Frost lui tapotait l'épaule.

Le lycan attira son attention sur un point en contrebas. Au début, Sharp ne vit rien. Puis, il décela un trouble optique, l'impression fugace qu'une ombre s'attardait sur sa rétine, l'inverse en négatif d'un éblouissement.

— C'est la main gauche ?

Frost acquiesça d'un hochement de tête avant de chuchoter.

— Ta fugitive se trouve après cette coursive. Je sens son odeur d'ici. Je vais occuper notre amie pour que tu puisses passer.

Sharp s'apprêtait à contester, mais le lycan le prit de court.

Frost bascula par-dessus la rambarde et dévala les escaliers en se laissant tomber d'un palier à l'autre avec une agilité déconcertante. Il atterrit en souplesse dans la tranchée technique qui s'étendait sous le spatioport alors qu'une silhouette brouillée se jetait sur lui. Sharp entrevit l'éclat d'une lame qui fendait l'air si vite que sa trajectoire s'imprima sur sa rétine. Frost réagit avec une rapidité stupéfiante. L'écho de sa rafale se répercuta entre les murs. Le bruit électrisa Sharp qui se mit à courir.

Il emprunta une coursive située à mi-hauteur. En passant au-dessus du combat, Sharp résista à la fascination morbide qui lui commandait d'observer l'affrontement entre Frost et l'assassin royal. Le fracas de nouveaux tirs suivi d'un hurlement rageur décupla son envie de fuir. Il dévala des escaliers qui aboutissaient dans une pièce sphérique. Sharp enregistra comme dans un rêve la présence de sa proie ainsi que celle de Jonas et d'un cadavre de nain étendu entre eux.

Quel con ! L'ours en peluche bien sûr. Le jouet traînait au fond d'une de ses poches. Il contenait sûrement une puce de géolocalisation.

Le démon pointait son arme sur lui. Sharp plongea sous la rafale et son pistolet aboya à son tour, prolongement inexorable de sa volonté de nuire. Ses projectiles à sous-munitions criblèrent le torse de Jonas et le souffle des explosions projeta le démon en arrière. L'homme de main de Lyer retomba lourdement sur le dos, ses bras et ses jambes battant furieusement le sol. Sa longue plainte déchira les tympans de Sharp qui s'approcha et logea une balle dans le front du malabar. Il pivota ensuite vers sa proie. Un liquide chaud imbibait le côté gauche de son pull et Sharp vacilla en croisant le regard du prototype. Une lueur incandescente en forme d'étoile jaillissait de sa poitrine, comme si elle la consumait de l'intérieur. Il eut le temps d'apercevoir le nombre 34 tatoué au-dessus de son sein droit alors que ses vêtements prenaient feu. Il pressa la détente de son arme, mais le percuteur claqua dans le vide. Son bras retomba et la fugitive lui adressa un sourire triste.

— 28, tu ne devrais pas être ici...

Sharp voulut hurler, mais le fondu au blanc qui aspira son environnement l'en empêcha.

* * *

L'alarme tira Damon Lyer de son sommeil réparateur. Le couvercle de son sarcophage s'effaça afin de lui permettre d'accéder à la réalité de la crypte. Il délaissa la machine en forme d'œuf posé sur son sommet et habilla sa nudité avec le peignoir en soie que lui tendait Jonas. Bien que le corps de Lyer dispose des attributs de la jeunesse, il devait combattre les tensions que son esprit d'immortel insufflait dans ses muscles. En dépit de la microgravité qui régnait dans la station, Jonas dut l'aider à regagner ses appartements. Derrière le hublot panoramique, il apercevait la surface de la planète qui ne possédait plus de « bleue » que l'adjectif.

— Qu'est-ce qui me vaut ce réveil impromptu ?

Ses cordes vocales éraillées par la régénération sapaient son autorité naturelle.

— D'après Muet d'hiver, nous avons été hackés par quelque chose répondant au nom de code Niamh. Cela a libéré le sujet 28...

— Quelle est l'étendue des dégâts ?

— 28 s'est affranchi de son envirosim pour entrer en contact avec le sujet 34. 34 a pulvérisé la majeure partie de la station, monsieur...

Bien sûr, qui d'autre qu'une fée — ces maudites émergences de pensée libre qui résultaient de l'amalgame de programmes obsolètes à la dérive dans la Matrice, réussirait à tromper leur propre IA !

Lyer prit conscience des vibrations anormales qui secouaient le complexe. Dans l'affichage holographique qui flottait devant ses yeux, une image de l'habitat éventré tournoyait sur une trajectoire qui le précipitait vers la Terre. En s'atténuant, le bourdonnement de ses oreilles céda la place au retentissement des alarmes. Il manipula l'interface.

Dans la projection, 28 reposait dans une camisole sanglée à même sa couchette. Des câbles le reliaient à la batterie de machines qui l'auscultaient et l'alimentaient. Lyer s'approcha du sujet. Derrière les fentes de sa cagoule, ses yeux noisette brillaient d'une détermination farouche. Ils le fixaient sans ciller. Le mathusalem recula. Il se sentait ridicule. La destruction de la pépinière avait tué tous les héritiers. 28 ne pouvait plus accéder à son esprit comme il l'avait fait avec 34. Sans le savoir, cette Niamh venait de leur rendre service. Les pouvoirs de la dernière génération posaient trop de problèmes. Malgré leurs valeurs considérables, ces enfants risquaient d'anéantir tout ce qu'Ars Genetica avait entrepris jusqu'ici.

Lyer se sentait beaucoup plus fort à présent. Il enfila la combinaison pressurisée que lui tendait Jonas.

— Le nécessaire a-t-il été fait ?

— Muet d'hiver a déjà transféré l'ensemble des sauvegardes, confirma Jonas.

Lyer abandonna la perspective sur cette terre qui suffoquait derrière un voile opaque de pollution. Seule la lueur féérique d'une aurore boréale apportait encore un peu de magie à ce monde agonisant. Le mathusalem suivit Jonas jusqu'à la navette qui le conduirait vers les installations lunaires d'Ars Genetica. Il lui restait une somme considérable de problèmes à traiter avant la Grande extinction.

* * *

Niamh suivait la chute de la station spatiale par l'entremise de plusieurs satellites et télescopes. Parmi les débris qui se consumaient dans l'atmosphère se trouvait le sarcophage qui abritait Sharp. Iel avait payé un équipage de pirates pour récupérer son protégé dès qu'il s'abîmerait dans l'océan Pacifique. Cette Terre avait désespérément besoin d'un nouveau roi.

FIN

La cantatrice des soupirs

JANBERT R. GRANDGIL

Au pied d'un arbre, plus que bicentenaire, dont la singulière forme ne pouvait que faire croire aux enfants, qu'il surgissait d'un conte. Le vieux Yul s'éclaircissait la voix pour les enchanter en cette belle fin de journée automnale. L'impatience des regards laissa place à leurs émerveillements dès les premiers mots prononcés par le conteur.

— Il était une fois un forgeron, mais pas un simple forgeron comme tant d'autres. Oh, non ! Celui-ci était un forgeron-alchimiste. Il avait passé de longues années à étudier d'anciens textes d'érudits et avait passé une partie de son existence à faire le tour des maîtres du Monde pour parfaire son art. Lors de ses pérégrinations, il rencontra une fileuse et en tomba amoureux. De cet amour naquit une adorable petite fille qui faisait la fierté de ses parents. On peut dire que la vie du forgeron n'avait jamais été aussi douce, mais le bonheur ne dura qu'un moment. À la mort de son épouse, emporté par la peste noire, il partit s'installer au cœur d'un village de montagne pour élever sa fille. Les villageois les accueillirent à bras ouverts. Cependant, après quelques hivers, une cruelle et perfide sorcière décida de s'approprier leurs montagnes. Elle prenait un malin plaisir à les tourmenter et enlevait leurs enfants pour en faire ses larbins afin de finir par les dévorer tout cru...

À cet instant, deux garçonnets se réfugièrent sous un tapis de feuilles mortes.

— ...en guise de dessert. Le forgeron forgea sans relâche et s'y reprit à maintes reprises pour fabriquer un objet, dont la composition de ses alliages permettrait de neutraliser les pouvoirs maléfiques de la sorcière. Un soir, sa petite fille se rendit au puits pour puiser de l'eau en vue de préparer le souper. Elle remarqua un munificent rossignol, dont une de ses ailes semblait blessée. Aussitôt, elle se porta à son secours, sans se douter qu'il s'agissait d'une duperie de la sorcière. Celle-ci la ravit sous les yeux impuissants de son père. Son seul espoir reposait sur le dernier objet qu'il venait à peine de terminer. Il les suivit à distance jusqu'au repaire de la vieille harpie et attendit le moment opportun pour agir. À l'aurore, alors, que la sorcière se métamorphosait en oiseau, le forgeron la surprit. Il la capture grâce à la parfaite symbiose des éléments de son objet. Heureux que cela ait fonctionné, il se dépêcha d'en avertir sa petite fille, mais celle-ci avait trouvé le moyen d'échapper à son dragon. Sous un naissant blizzard, le forgeron partit sur ces traces malheureusement, il la retrouva sans vie au fond d'un ravin. Après avoir récupéré sa dépouille, il lui confectionna un tombeau de glace et y emprisonna, par la même occasion, l'objet. Quand, il revint au village, les villageois l'acclamèrent en héros, satisfaits que la sorcière ne puisse plus jamais nuire à quiconque. Et, pour honorer la mémoire de sa fille, ils renommèrent les sommets de leurs montagnes « Les neiges de Lara ».

* * *

Bien des années plus tard...

Wladimir Letsine arpentait de long en large un petit salon luxueux et tirait nerveusement sur sa

82

pipe des bouffées de tabac brun. Il se pétrifia lorsqu'une silhouette filiforme sortit de la chambre à coucher. De prime abord, l'homme semblait aussi rigide et imperméable que sa mallette en cuir, mais derrière ses lorgnons se révélait un regard fin comme l'ambre.

— Après avoir ausculté avec soin la patiente, je ne peux émettre de diagnostic satisfaisant.

— Sir Moore ! Vous étiez notre dernier recours, affirma Wladimir tout en se laissant choir sur une bergère.

— Malheureusement, mon cher ! Il n'y a aucun symptôme qui présagerait une quelconque maladie. Croyez bien que je n'aie jamais vu un cas aussi singulier en presque trente-trois ans de carrière.

Wladimir, les yeux rougis par la fatigue de l'inquiétude, soupira.

— Avec tout le respect que je vous dois, sir Moore ! Si un spécialiste de renom, tel que vous, ne parvenait à résoudre cette énigme, alors notre délicat petit souci risque de devenir très gros.

— Je suis sincèrement désolé de ne pouvoir combler vos attentes. Cependant, je puis vous affirmer que vous avez fait appel aux plus chevronnés de mes confrères chacun dans leurs domaines de prédilection.

Wladimir se releva prestement, malgré son embonpoint, puis reconduisit son hôte à l'entrée du couloir de la somptueuse villa, surnommée « La Lyvia ». Le praticien enfila son pardessus, coiffa son melon et agrippa avec poigne sa canne-parapluie.

— Je vous recommande de réduire votre consommation de tabac.

— Il est vrai qu'en ce moment, je fume plus que la cheminée.

— Sur ce, je vous souhaite le bonsoir, mon cher !

— À vous pareillement, sir Moore !

À la suite de cette mauvaise nouvelle, Wladimir se servit une vodka bien tassée avant d'aller frapper à la porte de la chambre où une douce voix l'invita à entrer.

Lyvania Vadinolichskaïa se tenait debout dans l'encadrement de la baie de porte devant la terrasse. Sur ses longs cheveux blond miel tressés en épis, chutant jusqu'à la courbure de ses reins, la lune dessinait un diadème. De ses yeux aigue-marine, elle contemplait les ruines de l'ancienne partie de la ville qui avait été ravagée par les flammes lors d'une nuit de révolte, des années auparavant. La jeune femme aimait y flâner à la recherche de vestiges à collectionner et se laisser imprégner par l'atmosphère du lieu qui lui rappelait les grandes tragédies grecques. La constellation de la « Muse » scintillait sur ses traits à la symétrie parfaite, de même qu'une mouche naturelle au coin supérieur de sa lèvre gauche sublimait une bouche sensuelle. Sa peau enneigée relevée par des joues rosées frissonna sous les premiers frimas du soir. Tout à coup, elle songea que cela faisait longtemps qu'elle n'avait pas rendu visite au vieux Tuomas. Celui-ci vivait dans un petit hameau abandonné en territoire finlandais, de l'autre côté du lac où un vétuste pont s'élongeait. Elle se remémora avec tendresse sa rencontre avec cet irascible bûcheron venu à son secours, alors qu'elle s'était retrouvée prise sous un arbre.

— Tu vas attraper la mort ! s'exclama Wladimir.

Il la ramena à l'intérieur de la chambre. Après quoi, il s'empressa de refermer la porte. Or, un malicieux aquilon s'en vint lui chatouiller son élégante barbe souvarov.

— Tu dois rester au chaud.

— Cela fait plus de trois mois que nous sommes rentrés. Dès lors, j'ai été auscultée par divers praticiens, de divers horizons et aucun n'a su me guérir.

— Je comprends ta frustration, ma chère enfant.

Lyvania, jeune cantatrice, était acclamée dans son pays et tout particulièrement à Biel, sa ville natale. Cependant, un soir, elle s'était retrouvée dans l'incapacité d'honorer son récital au théâtre de l'Empire. Son imprésario, Wladimir, avait dû annuler le reste de la tournée en catastrophe. La jeune femme souffrait d'un mal singulier et insondable pour les élitaires scientifiques qui n'eussent guère découvert la moindre anomalie, malgré de nombreux examens. Certes, elle pouvait s'exprimer, mais au moment de chanter ses cordes vocales n'émettaient plus aucun son.

— Je ne souhaite que retrouver ma voix chantée. À choisir, j'aurais préféré ne plus avoir de voix parlée.

— Tu dis des bêtises, nous finirons par trouver un remède. En attendant, repose-toi, ma chère enfant.

— Bonsoir Wladimir !

L'imprésario se retira d'un pas lourd. Lyvania s'allongea sur son lit à baldaquin, puis posa son regard sur sa matriochka. Sa grand-mère paternelle la lui avait offerte à l'occasion de sa première scène vers l'âge de huit ans.

— Que vais-je faire, Anya ? Je commence à suffoquer sans le chant. Il m'est impensable que je ne puisse plus émettre une seule note. Ce serait horrible !

Elle saisit une petite boîte à musique à l'apparence d'un violon, puis essaya en vain de fredonner sur cette ritournelle qui lui avait donné le goût de la vocation. La jeune femme sanglota et pleura à chaudes larmes jusqu'à ce que le sommeil l'emporte au pays des songes. Ainsi, elle se retrouva assise au premier rang du magnificent opéra Schwarzberg, ce qui lui fit une drôle d'impression, elle, qui avait l'habitude d'exister sous les feux de la rampe. Les tentures de brocart rouge s'ouvrirent sur Anya, d'où cinq autres poupées de tailles décroissantes jaillirent des unes des autres. Elles tournoyèrent et interprétèrent les airs que la jeune femme avait coutume de mettre à son répertoire. Sur une note cristalline, un rossignol s'échappa de la bouche d'Anya, puis vint se poser sur l'épaule de Lyvania. Les matriochkas s'approchèrent du bord de scène.

— Pars, en quête de la mélodie du rossignol d'Ut pour recouvrir ta voix de diva, dit Anya.

— Du rossignol d'Ut ! chantonnèrent en chœur les autres matriochkas.

— Au sommet des neiges de Lara, la ligne mélodique de ton salut repose dans un œuf d'or et de métal, ajouta Anya.

— Des neiges de Lara ! chantonnèrent en chœur les autres matriochkas.

Puis, elles s'imbriquèrent et le petit oiseau s'envola au travers de la salle.

— Reviens ! Reviens ! s'écria la jeune femme en le poursuivant.

À l'heure où Marika, la gouvernante ouvrit les rideaux, les premiers rayons du jour pénétrèrent par la baie vitrée.

— Réveille-toi, ma jolie !

Lyvania émergea, non sans difficulté, de son sommeil tourmenté.

— Tu avais l'air de faire un cauchemar.

— Oh ! Non, je poursuivais un rossignol.

Cette femme de petite taille, assez robuste, au doux visage rond et aux yeux rieurs, comme le laissaient entrevoir ses plissés du soleil, regorgeant de vitalité, déposa un plateau sur le lit. Les odeurs de ce petit-déjeuner composaient une symphonie olfactive pour un fin nez tel celui de Lyvania ; malgré tout, celle-ci avait un appétit de moineau. Wladimir les interrompit en apportant le journal.

— Bonjour, ma chère enfant !

— Bonjour Wladimir.

Marika tapota les oreillers avec fermeté.

— J'ai trouvé une ancienne infusion dans un vieux grimoire de cuisine ayant appartenu à mon arrière arrière-grand-mère. Du reste, Vova, tu n'as pas oublié d'envoyer le petit Boris au marché. J'ai besoin d'ingrédients frais pour la réussir.

— Bien sûr que non, ma libellule.

Marika ajouta avant de sortir.

— Aujourd'hui, donne-moi un bon coup de fourchette, ma jolie !

Par la suite, Lyvania essaya de reconstituer les pièces de son rêve.

— Je crois avoir fait un songe... comment dit-on, déjà ? Prévi... provi... prémo...

— ...nitoire, termina Wladimir.

— Oui, c'est cela ! Prémonitoire ! Je dois trouver le rossignol d'Ut pour recouvrir ma voix de cantatrice.

— Et, où comptes-tu dénicher ce spécimen ?

— Au sommet des neiges de Lara ! À ce qu'il paraîtrait, sa mélodie serait emprisonnée à l'intérieur d'un œuf d'or et de métal.

Devant de tels propos, Wladimir la regarda un brin dubitatif.

— Ce sont les paroles d'Anya. N'est-ce pas merveilleux ? sourit Lyvania.

— Tout s'explique ! Anya est la dernière chose que tu aies vue avant de t'endormir. Maintenant, tu confonds rêve et réalité. À moins que… que ce ne soit le début de symptômes. Aurais-tu la fièvre ? Je file chercher le docteur Illich.

Lyvania n'eut guère le temps de lui répondre que l'imprésario avait tourné les talons.

— Je suis las de tous ces soi-disant érudits. Désolée, Wladimir ! Mais, je compte bien agir à ma façon.

Après s'être apprêtée comme pour partir en expédition, elle se faufila par un passage secret dissimulé à l'arrière de son miroir de plain-pied. Le souterrain menait à la fontaine du jardin d'hiver. Il permettait de quitter la propriété en toute discrétion. Une légende urbaine prétend qu'autrefois, la villa aurait appartenu à un escamoteur qui se servait de cette galerie, la nuit venue, pour aller dérober des objets d'art. Quand Wladimir revint en compagnie du praticien, le rouge-gorge de velours s'était envolé.

* * *

Perdu, en pleine campagne de Biel, un corps de ferme défraîchi s'érigeait aux creux d'un charmant vallon. Il appartenait à l'aéronaute, Pavlin Golovanov. Ce dernier réparait avec habileté le tressage d'une nacelle en osier, lorsque Dmitri, le petit apprenti, s'en vint arborant un air de satisfaction sur son visage.

— Ça y est, Pavlin ! J'ai fini mes tâches. Souhaites-tu que je fasse autre chose ?

— As-tu rangé les outils à leur place ?

— Oui, m'sieur ! Une place pour chaque outil et chaque outil à sa place.

— Bien, mon garçon ! Tu peux rentrer chez toi.

Pavlin leva le nez avant que son apprenti n'atteigne la porte.

— Attends, Dmitri ! Monsieur Jarkov m'a apporté un panier de pommes. Prends-le ! Ta mère vous fera de bonnes tourtes, mais n'oublie pas de m'en ramener une part.

Puis, il replongea dans son ouvrage.

— Merci Pavlin, j'y cours de ce pas.

Quelques minutes plus tard, de délicates mains recouvrirent ses yeux.

— Qui suis-je ? entendit-il d'un timbre de voix déformé.

— Boris... Ivan... Mariya... je t'ai reconnu Lyvia, lança-t-il avant de l'étreindre tendrement. Ça me fait plaisir de te voir !

— De même, mon Pavlin !

— Alors, qu'est-ce qui amène notre citadine dans notre belle campagne ?

Il faut que nous parlions d'affaires importantes.

— Si Mademoiselle veut bien se donner la peine, répondit-il en lui indiquant le monte-charge.

Pavlin avait converti l'étage de son atelier en habitation. Il trouvait cela pratique de vivre et travailler au même endroit et cela lui faisait gagner un temps considérable. Les planches du mur étaient peintes en bleu ciel recouvert de nuages épars ici et là. Ainsi, avait-il toujours l'impression d'être dans les airs, même sur cette bonne vieille Terre.

— Ne fais pas attention aux bazars ! J'ai été absent un moment.

Il retira de son fauteuil le plus confortable une pile de vêtements froissés et pria la jeune femme de s'asseoir. Lyvania esquissa un léger sourire parce qu'elle le connaissait depuis l'enfance. Elle savait que ce n'était qu'une excuse, car Pavlin semblait du genre désordonné, tout au moins en ce qui concerne son lieu de vie, attendu que son atelier était irréprochable. Parfois, elle avait du mal à croire qu'il s'agissait du même garçon.

— Mais, ne devais-tu pas être en tournée ? Tu y étais lors de mon départ pour l'Europe.

— N'as-tu pas lu les journaux, ces derniers temps ?

— Non pas vraiment ! Je suis rentré que depuis six ou sept jours. Tu sais, moi et les jours ! De plus, en ce moment, je suis absorbé par mes plans permettant d'améliorer la structure des nacelles.

Alors, que Lyvania finissait le récit de ses élucubrations, une tasse de chocolat refroidi entre ses mains. Le pauvre Pavlin resta bouche bée.

— Whaou, Lyvia ! Te rends-tu compte de ce que tu viens de me raconter ?

— Je sais que cela peut paraître étrange.

Pavlin se dirigea vers une de ses cartes géographiques accrochées au mur, pour localiser le lieu indiqué par la jeune femme.

— C'est… c'est… c'est insensé, Lyvia ! Tu veux que je t'emmène en montgolfière jusqu'au sommet de ces neiges. Tout ça parce que tu penses avoir fait un rêve prémonitoire pour trouver un rossignol qui soi-disant te rendra ta voix de cantatrice. D'habitude, c'est le genre d'endroit que l'on évite à cause de ses mauvais courants aériens. Et, si certains s'y sont risqués, ils ne sont jamais revenus.

Elle se leva pour le rejoindre.

— Je n'ai pas d'autres choix ! C'est mon seul espoir !

— Il me faut des semaines, voire des mois pour planifier mes voyages, et ce, dans les moindres détails. Et là, tu me demandes de partir sur-le-champ, pour une périlleuse excursion sans savoir si tu trouveras ce que tu cherches. Aurais-tu la fièvre, Lyvia ?

— J'ai l'impression d'entendre Wladimir ! Lui aussi croyait que j'avais la fièvre, s'offusqua-t-elle en tapant du pied avec irritation.

— Alors, tu n'as plus tout ton bon sens !

Brusquement, elle sentit son sang ne faire qu'un tour.

— Oh ! Le misérable ! C'est drôlet de la part d'un rêvasseur qui a toujours sa tête dans les nuages. Monsieur Pavlin, serait-il trop occupé avec ses expérimentations pour venir en aide à sa sœur de cœur ? Dois-je te rafraîchir ta mémoire de poisson rouge ? Qui a raté son audition, le rôle de toute une vie, pour rester prendre soin d'un benêt à manger du foin, parce que tu avais fêté ton baptême de vol en solitaire avec de la vodka frelatée ?

— Je t'en prie, pas encore cette vieille histoire.

— Taratata, Pavlin ! J'irai voir d'autres guides, voilà tout. Et, je suis prête à investir la somme qu'il sera nécessaire pour m'y rendre.

Puis, elle fit mine de se diriger vers le monte-charge.

— Excuse-moi, Lyvia ! Je préfère que ce soit moi qui t'y amène plutôt qu'un de ces arrivistes désargentés.

Lyvania se retourna les larmes au bord des yeux et s'élança au cou de son ami.

— Merci, merci, merci mon Pavlin ! Je savais que tu ne me laisserais pas tomber. Compte sur-moi pour t'aider à préparer ton matériel, ainsi nous serons prêts en un tour de main.

— Mais, comment fais-tu pour toujours avoir le dernier mot ?

Elle lui répondit par un sourire espiègle.

Et, en moins de temps qu'il en fallût, la montgolfière largua ses amarres et le canton apetissa jusqu'à devenir un imperceptible point. La beauté azur de la coupole céleste et ses amas de nuages cotonneux semblables à de la barbe à papa firent renaître des souvenances de prime jeunesse à Lyvania.

— Te souviens-tu, Pavlin ? Quand nous étions tout-petits et que nous laissions vagabonder notre imagination, des heures entières dans le champ de monsieur Iouriev.

— Oui, le vieux Yul ! Il nous enchantait de ses contes et légendes auprès de son arbre. Et Sergueï se cachait sous un tas de feuilles.

— Tu étais souvent à côté de lui sous ces feuilles surtout durant, qu'il contait des histoires de sorcières.

Pavlin esquissa un sourire entendu et ajouta :

— Je n'en ai pas le moindre souvenir.

— D'ailleurs, comment se porte ton cousin, Sergueï ?

— Il va bien. Je l'ai croisé à mon retour. Ah oui, tu ne sais pas la nouvelle ! Le voilà qui officie au sein du service rédaction des documents officiels de la garde impériale. Dire qu'il voulait trouver un poste de journaliste.

Puis le jeune homme sortit de la poche de son veston une ancienne boussole, pour vérifier qu'il maintenait le cap vers ladite montagne.

— Je vois que tu l'as encore, s'émotionna Lyvania.

— On n'en fait plus comme ça, de nos jours !

En fait, le jeune Pavlin l'avait reçu d'Youssef Vadinolichskaïa. Le père de Lyvania la lui avait offerte pour l'encourager à croire en son rêve quand le garçon avait été sur le point de renoncer à sa passion, lorsqu'on eut retrouvé sa mère noyée dans l'étang.

— Tu as toujours été fasciné par le vol des oiseaux, et moi par leurs chants. Si tu ne pouvais plus voler, c'est comme si l'on te rognait les ailes. Si je ne peux plus chanter, alors je ne peux plus m'envoler.

Dans leur montée en altitude, elle grelotta au ressenti de la température en baisse.

— Tu devrais te reposer un peu tant que les vents nous sont favorables.

— Tu as raison.

Elle essaya de prendre une position confortable si tant bien que l'on puisse en trouver une dans un espace aussi restreint qu'une nacelle de montgolfière. Pavlin la couvrit d'une chaude couverture, puis elle ferma les yeux pour tomber dans un songe non moins rationnel que le premier.

Lyvania cherchait désespérément son chemin parmi le dédale des ruines embrumées de l'ancienne Biel. Soudain, au détour d'une arcade à moitié démolie, elle aperçut les matriochkas faire des rondes autour d'un piano à queue sous une gloriette en fer forgé.

— Tiens ! On dirait le piano de madame Heinrich sur lequel j'ai appris à faire mes vocalises, pensa-t-elle.

Par la suite, elle se retrouva suspendue sur un perchoir au milieu d'une cage qui se mit à descendre à l'intérieur de l'instrument. La jeune femme considéra ce rêve comme insolite, mais qui peut affirmer ce qui est absurde ou pas ? Elle ressortit devant les hauteurs d'une liliale montagne où, à la place de flocons, tombaient des plumes d'oie d'une virevoltante légèreté. Les cinq autres poupées jaillirent du corps de la plus grande.

— Voici le sommet des neiges de Lara. Si tu le souhaites ardemment, une seule goutte de ton sang suffira, prédit Anya.

— Une seule goutte de ton sang ! chantonnèrent en chœur les autres matriochkas.

— Les traces te mèneront sur le sentier de ta destinée, ajouta Anya.

— Le sentier de ta destinée ! chantonnèrent en chœur les autres matriochkas.

Elle s'exécuta en suivant les curieuses empreintes qui parsemèrent le blanc manteau et, après une longue marche, elle se heurta contre un amas de roche glacé.

Les cris de terreur firent sursauter le pauvre Pavlin, tandis que la jeune femme se réveilla tout épouvantée.

— Tout va bien, Lyvia ! Tu es dans la montgolfière. Tu as dû faire un mauvais rêve.

— J'ai plutôt l'impression que c'était encore un de ses rêves prémonitoires.

— Raconte-le-moi !

— Pour m'entendre dire que je suis fiévreuse !

— Je te promets de ne rien dire en ce sens, jura-t-il.

Après un moment d'hésitation, elle commença son récit sous le regard intrigué de son ami.

Pendant ce temps, à l'abri, sous un mirador de fortune accoté contre un sapin, donnant une exposition imprenable sur les montagnes, Oleg Folkovitch observait les alentours avec sa longue-vue. Et, s'il pouvait voir quiconque s'approcher de près ou de loin, personne ne pouvait soupçonner sa présence. En dépit d'une imposante charpente, d'un manteau de fourrure, d'une chapka et d'une barbe hirsute, l'homme avait pris la manie de se réchauffer avec de la vodka lors de ses surveillancs. Le calme blanc paraissait avoir plongé son climat dans un tel état de léthargie, qu'au fil des années, Oleg s'était un tantinet habitué à sa monotonie. Pourtant, ce matin-là, alors qu'il avait bu deux gorgées de son alcool de grains, il dut s'y reprendre plusieurs fois pour se convaincre que ce qu'il voyait dans sa lunette d'approche ne tenait en rien d'un mirage. Il attrapa son tromblon modifié pour atteindre de longues portées, ajusta sa mire et fit feu sur la cible volante.

Pavlin s'exclama :

— Ma parole, on vient de se faire tirer dessus !

Subitement, la montgolfière perdit de l'altitude.

— Nous avons été touchés ! Accroche-toi, Lyvia ! Je vais essayer d'amortir notre chute avec l'aide d'Éole.

Avec toutes ses heures de vol à son actif, ce n'était pas la première fois que le jeune homme se retrouvait confronté à une scabreuse situation, requérant un sang-froid à toute épreuve. Il posa le ballon en catastrophe, non sans turbulence, toutefois le heurt de la nacelle fut atténué par une moelleuse poudreuse. La montagne réveillée de sa torpeur bâilla de monstrueuses avalanches.

Pavlin aida Lyvania à sortir.

— Ça va, Lyvia ?

— Un peu remuée !

— Ma foi, ce n'est pas le pire de mes atterrissages, relativisa-t-il.

Il inspecta les dégâts.

— La balle à l'air d'avoir provoqué une déchirure au premier niveau. Si elle est superficielle, je peux la réparer sinon nous serons obligés d'aviser.

Le jeune homme amarra les cordages aux rochers, puis attrapa une malle contenant du matériel.

— Te voici en présence d'un bel exemple ! Comme quoi il faut toujours prendre soin d'organiser ses excursions !

— Si on ne nous avait pas tirés dessus, nous n'en serions pas là ! renauda-t-elle.

« Et, pourquoi nous a-t-on pris pour cible ? » s'interrogea Pavlin.

Lyvania referma la malle, s'assit par-dessus, puis se releva aussitôt, les yeux ébahis, la bouche entrouverte alors que Pavlin consultait son compas.

— Par tous les saints vents ! La boussole a l'air détraquée. Il est impossible de connaître notre position ni même savoir si nous sommes sur la bonne montagne.

— C'est la bonne montagne !

— Que dis-tu ?

Elle tourna sur elle-même en ouvrant les bras.

— Je dois les suivre, comme me l'avait prédit Anya.

— Suivre quoi ?

— Les empreintes qui viennent d'apparaître.

— Je ne vois rien, dit Pavlin en regardant de plus près.

— C'est normal ! Je suis la seule à pouvoir les voir. Souviens-toi de ce que je t'ai raconté de mon songe ?

— Alors, je t'accompagne !

— Ce n'est pas possible ! Tu dois rester pour réparer le ballon. Quant à moi, je n'ai qu'à me laisser guider.

— Mais, la montagne est imprévisible ! Tu peux tomber dans une crevasse, être englouti par une avalanche, te blesser de quelques manières ou même croiser la personne qui nous a tirés dessus.

— Je ressens l'appel du rossignol d'Ut à travers chaque fibre de mon être. Je dois voler vers ma destinée. Qui d'autres, mieux que toi, peut comprendre cela ?

À cet instant, elle venait de pincer ses lèvres, et chaque fois qu'elle le faisait cela signifiait que sa décision était irrévocable.

— Tu es une vraie tête de mule, Lyvia ! Promets-moi d'être de retour dans deux heures, que tu l'aies trouvé ou non.

— Ne t'en fais pas ! Je serai prudente.

Elle s'éloigna sous le regard soucieux de son ami en ignorant ses dernières mises en garde.

Entre-temps, cinq hommes, dont Oleg, regagnèrent une cabane en rondin de bois, qui servait d'abri aux compagnons de Lara.

Avez-vous vu l'engin ? s'enquit-il.

Tous acquiescèrent d'un signe de la tête. Au même moment, Youri, le frère aîné d'Oleg sortit du refuge.

— Cela fait partie de la sixième prophétie de l'alchimiste, la plus délétère. C'est pour cela que nous sommes là, protéger le secret.

L'ancien, qui changeait une de ses raquettes abîmées, lui annonça :

— J'ai repéré sur le versant ouest du pic du condor un contingent de soldats de la garde impériale.

— Je n'aime pas ça ! Tout ce monde qui se rapproche de nos montagnes.

Puis, après s'être saisi de son meilleur piolet, il reprit :

— Nous allons passer par le col des « Trois Fourches ».

Et, quelques kilomètres plus loin, en un tour de main, la caravane d'hommes rallia la zone, mais une mauvaise surprise les attendait.

— Oh, non ! L'avalanche a obstrué le plus court passage, lança l'un des compagnons.

Un autre s'exclama :

— Quelle guigne !

Youri se retourna vers son cadet, les sourcils froncés.

— Tu avais encore bu de cette maudite eau-de-vie.

— Deux gorgées à peine ! J'ai tiré au dépourvu sans réfléchir.

— Que faisons-nous, Youri ? demanda le benjamin du groupe.

— Nous n'avons guère le choix de faire un détour par le col de l'Edelweiss. En espérant que l'avalanche l'ait épargné sinon nous rebrousserons la piste pour regagner la principale. Autant dire que nous n'avons pas le temps de bayer aux corneilles.

Les compagnons reprirent leur ascension à travers cet enfer blanc où une course contre le sablier venait de commencer. De son côté, Pavlin devait également faire face à quelques aléas pour réparer la déchirure de sa toile. Ce qui s'avéra ardu, puisqu'en même temps, il vociférait contre lui-même de ne pas avoir été plus inflexible envers Lyvania.

Certes, la jeune femme cheminait avec peine sous l'objurgation d'un vent persifleur dont la morsure s'acharnait sur ses joues endolories. L'ombre de sa solitude l'accompagnait et chaque souffle, qu'elle essayait de ménager, se condensait en buée. S'il arrivait que la montagne apparaissait éblouissante du haut des cieux, au cœur de celle-ci, son inhospitalier comportement envers ses hôtes déconcerta la cantatrice. La complainte harcelante des cimes lui faisait relever la tête avec angoisse, mais cela n'entravait en rien sa farouche détermination. Au contraire, elle s'y réchauffait, telle à un feu de cheminée. Lyvania suivait inlassablement l'empreinte du volatile au milieu de cette immensité sauvage. Elle ne recula devant aucun massif abrupt, aucune pente intenable, aucune gorge effroyable. Elle les contourna, les affronta, les descendit tantôt avec assurance tantôt avec hésitation jusqu'à atteindre un ravin dont la profondeur semblait mener vers l'abîme des Enfers. L'espace d'un instant, elle se laissa envahir par les affres et les doutes, du fait que l'unique façon de le franchir était d'emprunter une sente étroite, escarpée, que le temps avait érodée de manière lacunaire.

Après une mûre réflexion, elle s'enhardit.

— Je n'ai pas fait tout ce chemin pour y renoncer. Je peux le faire ! C'est le moment de me servir de mes années d'entraînement à l'école impériale du ballet du Lorialet.

Lyvania prit une profonde inspiration, puis essaya de se serrer au plus près du granit. Elle avança à tâtons sur la pointe des pieds, de petits fragments de pierre se dérobaient sur son passage. Elle avait l'impression d'être la funambule de sa boîte à musique, en équilibre sur le fil de sa vie où le moindre faux pas la basculerait dans le néant. L'air d'une valse lente tournait en bouche entre ses pensées pour lui faire défier les lois de l'apesanteur au fur et à mesure de son avancée. Subitement, ses jambes commencèrent à mollir sous elle, menaçait par un début de crampe au mollet gauche. Elle serra les dents et puisa dans ses dernières ressources la volonté nécessaire au franchissement de l'ultime segment.

Hors d'haleine et ébranlée, elle récupéra son souffle avant de poursuivre son périple. Et au détour, de la corniche, la vision voilée de son rêve s'avéra être une stèle. Elle en dégagea la neige à la surface et fut encore plus impressionnée que lors de sa prémonition, lorsqu'elle découvrit la dépouille d'une vénuste fillette. Lyvania se recueillit, puis aperçut l'œuf entre ses mains aussitôt la parole d'Anya, lui revint en mémoire. Elle ôta ses moufles et dépingla de son châle une broche en clé de sol que Pavlin lui avait offerte. La jeune femme s'agenouilla solennellement comme pour prier, et se piqua l'index gauche dans une grimace. Une perle écarlate suinta au bout de son doigt, puis l'ardente goutte de feu s'abattit sur l'épais cube de glace, qui se désagrégea instantanément.

— Dommage que Pavlin ne soit pas là pour le voir ! Il va penser que j'étais encore fiévreuse, songea-t-elle.

Du reste, elle-même n'en croyait pas ses yeux. Et, elle reprit en se signant.

— Pardonne-moi de troubler ta quiétude ! Je me demande bien quelle est ton histoire !

Puis, elle retira, non sans un certain effort, l'œuf. Elle contempla la quintessence de l'ouvrage et les fines écritures runiques en relief qui le parcouraient.

— Il faut être un érudit pour comprendre ces caractères. Voyons voir ! Par quel côté s'ouvre-t-il ?

Lyvania essaya de le déboîter, le dévisser, l'écarter avant de faire glisser une de ses coques par un simple geste de rotation. Là, à l'intérieur, un petit oiseau aux couleurs défraîchies dormait.

— Alors, voici le rossignol d'Ut ! Pauvre petite bête !

Quelques secondes plus tard, il s'éveilla, observa la jeune femme avec prudence, puis peina à déployer ses ailes tant ses voilures étaient roidies. Toutefois, il parvint à prendre son envol et après quelques tours hasardeux, il fondit dans le vent tel la flèche d'un archer. À la vue de ses acrobaties aériennes, Lyvania ressentit l'émotion de joie et la sensation de liberté du petit oiseau. Elle connaissait bien ces sentiments, car c'est ce qu'elle éprouvait sur scène lors de ses propres envolées lyriques. Quand le rossignol d'Ut vint se poser sur le doigt de la cantatrice, son plumage était redevenu d'un somptueux bleu cendré blanc.

— Pourquoi te trouvais-tu emprisonné de cet œuf ?

— Ceci est une longue histoire, sifflota-t-il.

— J'en suis navrée !

— Moi, je te suis obligé de m'avoir libéré, jeune fille.

— C'est parce qu'un rêve m'a amené à toi pour que tu puisses me rendre ma voix de cantatrice.

— Je te l'accorde avec joie. Ouvre la bouche, jeune fille !

Lyvania s'exécuta. Le rossignol d'Ut chanta une mélodie aux notes aussi inaltérées qu'un printemps naissant. Une sensation de douce chaleur enveloppa la gorge de la jeune femme et sa poitrine se serra au sifflement de la note bleue, ainsi ses lèvres brûlèrent d'impatience de lui poser cette question.

— Puis-je chanter ? Le puis-je ?

— Un peu de patience, il faut que mes notes se greffent sur tes cordes vocales. Dès ton retour, chez toi, ta voix se révélera plus édénique que jamais.

— Oui, mais... comment vais-je retrouver mon chemin ?

— Si tu tends l'oreille, tu n'auras qu'à suivre mes sifflements.

Le rossignol d'Ut s'essora et disparut au lointain.

— Je te rends grâce. Maintenant, je dois rejoindre Pavlin avant qu'il ne parte à ma recherche.

Une averse de neige s'élevait alors que les compagnons s'approchaient du ravin.

— Il ne manquait plus que ce satané blizzard ! grommela un des hommes.

Un autre répliqua avec inquiétude :

— Espérons qu'il ne soit pas trop tard !

— D'autant que nous avons perdu un temps précieux avec ce détour, ajouta l'ancien.

Sans crier gare, le benjamin alerta le groupe.

— Là-bas ! Il semble y avoir quelque chose.

— Allons voir ! s'exclama Youri.

Ils bifurquèrent et se rendirent compte qu'il s'agissait d'un corps inanimé. Quand l'ancien le retourna, le benjamin s'étonna :

— C'est une jeune femme !

— Elle devait certainement se trouver à bord du globe des airs, suggéra Oleg.

— Malheureusement, nous ne pouvons plus rien pour elle. La pauvre doit être morte d'épuisement en essayant d'arriver jusqu'ici pour atteindre le tombeau de Lara.

— Nous ne pouvons plus la sauver, mais nous pouvons lui offrir une sépulture descente. Ensuite, nous ratisserons le secteur. Je présume qu'elle n'est pas venue seul, dit Youri.

Pendant, que les frères Folkovitch creusaient une fosse. L'ancien et le benjamin taillaient de branches de sapin pour en faire une croix tandis que les deux derniers compagnons surveillaient les abords du ravin.

— Comment pourrait-on traverser ce ravin ? s'interrogea l'un d'eux.

— À mon avis, plus personne ne le pourrait sans se rompre le cou, ce sentier est devenu impraticable.

Au moment où, Youri s'apprêtait à conduire le corps en terre. La cantatrice se releva sous les regards béants des compagnons.

— Fichtre ! balbutia Oleg.

— Mais... mais... j'ai bien senti qu'elle n'avait plus de pouls et que son cœur ne battait plus, confirma l'ancien. Regardez ! Elle reste à la surface de la neige, et ce, sans raquettes.

— Parce que ce n'est pas une jeune fille ! Nous avons été bernés !

Immédiatement, Youri chargea en brandissant son piolet vers la cantatrice, mais des serpents de neige s'enroulèrent autour de leurs jambes et les raidirent par leurs morsures. Les deux autres compagnons alertés par les cris du benjamin accoururent, mais connurent le même sort.

— C'est cela que vous cherchiez à protéger, lança-t-elle en leur faisant voir l'œuf. C'est vrai, vous ne pouvez pas répondre ! La neige fuligineuse vous congèle les sangs pour vous changer en figurine de givre. Vous aurez une place de choix sur ma cheminée, finit-elle, d'une voix stridente et chevrotante. Puis, la dernière chose qu'ils virent est une vieille bossue, le visage recouvert de verrues, le nez aussi crochu qu'un bec d'aigle, la peau aussi rugueuse qu'un reptile, au crâne dégarni où quelques mèches blanchâtres dépassaient de son fichu. Ses petits yeux noirs perfides exultèrent lorsqu'elle ouvrit l'œuf de ses longs ongles jaunis et que les compagnons furent aspirés. La sorcière railla tout en s'envolant dans son mortier.

Alors, que le blizzard nettoyait toutes traces de souillures pour rendre à la montagne son apparence immaculée. La montgolfière s'éleva dans les airs tant bien que mal. Pavlin croisait ses doigts pour que sa réparation de fortune tienne le long du trajet. Quant à Lyvania, elle baignait dans une certaine béatitude en relatant son aventure sans savoir ce qu'elle venait réellement d'accomplir.

Et à part, s'être fait une ou deux frayeurs sur le chemin du retour. Dès qu'elle fut à la villa et après s'être assuré d'avoir retrouvé sa voix chantée, Lyvania accourut dans le cabinet de travail de son imprésario.

Wladimir, interloqué, éteignit sa pipe en vitesse et se leva.

— Mais, où diable étais-tu donc passée ? Nous nous sommes rongé les sangs avec Marika.

— Je vous raconterai tout, un peu plus tard.

— Ma foi ! Tu as l'air d'avoir meilleure mine, constata-t-il.

— C'est le climat de la montagne ! Je me sens revivre. Qu'est-ce que je suis heureuse ? Wladimir, je suis guérie.

— Incroyable ! Mais, comment ?

— Tout compte fait, il s'est avéré que mon rêve était bien prémonitoire !

— Tu veux dire que... non, tu te moques de moi, lâcha-t-il en se laissant choir sur son siège.

— Sais-tu ce qui me ferait le plus plaisir ? Ressentir la liberté, tel le rossignol d'Ut, en montant sur scène au plus tôt.

— Cela n'est pas un souci, ma chère enfant ! Après tout, tu es un peu comme chez toi à l'opéra Schwarzberg. Je m'en occupe. Toutefois, ne serait-il pas plus prudent de te faire examiner par le docteur Illich pour être sûr de ta guérison ?

— Taratata ! Je ne souhaite revoir de praticiens avant belle lurette, s'irrita-t-elle.

— Alors, pourrais-je avoir un aperçu de cette nouvelle voix ?

— Non, Wladimir ! Tu la découvriras lors de la représentation. Je te promets de délivrer un récital sans précédent.

En quelques jours, l'événement fut organisé. Lyvania se réappropria sa loge porte-bonheur ainsi que ses habitudes : garder le silence jusqu'à son entrée sur scène, disposer d'un pichet d'eau de source à bonne température et d'une bonbonnière remplie de pastilles au miel des forêts. Des boîtes de chocolats, des présents, des tonnes de fleurs colorées et odorantes envahissaient l'espace feutré. Pourtant, elle affectionnait le simple bouquet des champs que lui avait envoyé Pavlin, avec le mot suivant :

« Ma Lyvia,

Je suis sincèrement désolé de ne pouvoir assister à ton triomphal retour sur scène. Notre escapade dans les montagnes m'a alité. Cette fois-ci, c'est moi qui ai la fièvre.

Ton Pavlin »

Subitement, Wladimir entra dans la loge.

— La salle est comble, ma chère enfant ! Je dois t'avouer que je ne pensais pas que nous la remplirions dans un délai si court.

Marika, qui finissait de retoucher la tenue de la jeune femme dans un coin de la pièce, lui rappela :

— Vova, calme-toi ! Ce n'est pas toi qui montes sur scène. Si quelqu'un doit être anxieux, c'est bien Lyvania.

— Je le sais ma libellule, mais c'est plus fort que moi.

— Allons, laisse-nous ! Lyvania doit s'apprêter.

Elle le jeta à la porte avec une douce fermeté, puis dit à Lyvania :

— L'entends-tu faire les cent pas dans le couloir ? Il va l'arpenter de long en large, en tirant sur sa pipe tout en parlant dans sa barbe.

Elles éclatèrent de rire.

— À présent, faisons de toi un magnifique flocon de neige !

Un instant plus tard, le directeur de l'opéra frappa à la porte de la loge.

— Entrez ! s'exclama Marika.

— Je suis honoré que vous ayez décidé de faire votre grand retour parmi nous. Puis-je avoir le plaisir de vous mener jusque sur la scène ?

Lyvania acquiesça d'un signe de tête. Marika étreignit la jeune femme et l'embrassa sur le front, comme à l'accoutumée.

— Je file rejoindre Vova avant de me mettre à pleurer de joie.

Le directeur offrit son bras à la cantatrice.

— Ma chère amie !

Et bien qu'elle ait parcouru ces allées, tant de fois, ce soir-là, elle avait le sentiment de tout redécouvrir avec un regard neuf. Ils gagnèrent le centre de la scène et le directeur poursuivit sur l'avant-scène.

— Mesdames, Mesdemoiselles, Messieurs, j'ai l'incommensurable privilège de vous présenter ce soir pour son grand retour sur scène celle que l'on nomme « La voix de Biel » ou encore à juste titre « Le rouge-gorge de velours », la prodigieuse, la talentueuse, la célèbre cantatrice, Lyvania Vadinolichskaïa.

Les rideaux de brocart rouge s'ouvrirent sous un tonnerre d'acclamations faisant passer sa silhouette de l'ombre à la lumière. L'assistance eut le souffle coupé par tant de grâce. Elle ressemblait à une vraie Snégourotchka, drapée dans sa toilette en dentelle blanche et bleue, aux motifs joliment brodés. Même, son kokochnik paraissait avoir été sculpté en personne par Grand-père Gel, tout comme sa parure de bijoux en larmes de lapis-lazuli. La cantatrice entama son premier air a cappella avec la fortune de revivre son baptême sur les planches de cette salle mythique. Marika ne put retenir ses pleurs lorsque les notes résonnèrent avec une justesse sans pareil. Et pas le moindre bruit n'aurait osé venir ébranler la ligne mélodique de cette muse, qui enchantait son auditoire par sa voix de rossignol. Ensuite, l'orchestre enveloppa de ses partitions sa plus exquise clé de sol. La jeune femme virevoltait entre voix de tête, de sifflet, tantôt puissante ou tantôt sombre en fonction des airs. Elle effleurait les cordes émotionnelles de ses spectateurs, telle une harpiste aux doigts de velours, grâce à une parfaite maîtrise de sa tessiture. La joie de Wladimir en était plus grande encore de la voir renaître de ses cendres après cette période de diète vocale.

Après l'entracte, le feu d'artifice du récital chavira définitivement les cœurs même, le plus sévère des critiques écrira que Lyvania Vadinolichskaïa fût bien plus que la « Voix de Biel », mais le « Joyau de Russie » de par sa présence scénique bouleversante de profondeur. Tel le phénix, elle se tenait à son zénith et au cours de sa plus jolie envolée lyrique, elle déploya des voiles transparents semblables à de longues ailes, puis s'essora avec légèreté au firmament de l'empyrée, sous les regards médusés par ce bouquet final. Les applaudissements s'enchaînèrent en rafales, rappel après rappel. Le directeur n'avait jamais connu pareil engouement depuis sa prise de fonction. Lyvania savait qu'elle vivait un songe, un doux, un merveilleux songe éveillé.

Au matin suivant, à son réveil, la jeune femme paraissait non moins éthérée qu'une bulle de champagne dans sa coupe, en compagnie d'un munificent sourire qui ne l'avait point quitté de la nuit.

— Que la vie est belle, Anya ! Je souhaiterais tant que chacun puisse goûter à un tel bonheur.

L'expression de la poupée semblait acquiescer en son sens. Lyvania jeta un coup d'œil sur le cadran de l'horloge.

— Cela ne ressemble pas à Marika d'être en retard ! Nous ne sommes pas rentrés très tard du restaurant, hier soir.

Elle bondit hors de ses draps, puis reprit avec enthousiasme :

— Sais-tu, Anya ? Je vais préparer le petit-déjeuner, ce sera une belle surprise.

Au-dehors, une nuée de plumes noires comme l'ébène fondit sur le toit de la villa. Subitement, l'éclairage vacilla alors que Lyvania descendait l'escalier où chaque marche semblait s'éloigner de la suivante. La chair de poule l'oppressa, tandis qu'elle ressentait une entité malveillante qui s'immisçait dans les moindres recoins de la demeure. Les fondations s'ébranlèrent tel un chalutier par gros temps, les poutres porteuses craquèrent sous les geignements d'âmes damnées et des ombres vociféraient à l'intérieur des murs. Brusquement, de lugubres visions vinrent la troubler et l'écho d'un rire mortifère la fit tressaillir. En dessous de sa main, la rampe avait mué en une monstrueuse créature visqueuse qui lui drainait toute sa vitalité. Arrivée en bas, elle ressemblait à une momie courbant l'échine sous le poids des lamentations. Et où de violentes décharges la pénétraient de part en part. Des crissements d'ongles éraillaient la tapisserie qui moisissait, les verres des cadres se fendillaient et les fleurs se fanaient sur son passage. Après avoir eu la sensation de traverser un désert sans fin, elle passa dans la cuisine. L'austère atmosphère de la pièce renforça le mal-être de ses sens abusés. À hauteur de l'îlot central, ses pieds nus glissèrent au contact d'une substance fluide, elle baissa la tête, puis vit une marée rouge. Elle la conduisit vers la dépouille de Marika gisant dans son sang, les veines tailladées. Sur le toit, les plumes se consumèrent en cendres. Lyvania régurgita aussitôt sa découverte et de nouveau en possession de ses moyens, elle courut vers les appartements de son imprésario tout en s'époumonant par des cris de secours qui restaient bloqués au fond de sa gorge. Quand elle ouvrit la porte, le cadavre de Wladimir dodinait au bout d'une corde. À la vue insoutenable de ce macabre tableau, elle perdit connaissance.

* * *

Ensuivant, une vague de dépression se soldant par de nombreux suicides déferla sur l'empire. L'épicentre se trouvait être la ville de Biel. Le chef des armées du Tsar avait reçu un rapport sur des faits de sorcellerie ayant été observés sur les montagnes des hauts plateaux par un contingent de gardes en exercice. Après enquête, les indices amassés sur cet étrange phénomène ne tardèrent à conclure que toutes les victimes de cette malédiction avaient assisté au concerto de la cantatrice. Convaincu qu'une conspiration se tramait envers le pouvoir en place et que Lyvania était devenue une disciple de la sorcière, le conseiller du Tsar ordonna l'arrestation de la cantatrice en vue de la déporter sur l'île des Bannis où le docteur Vickenvitch procéderait à l'ablation de ses cordes vocales avant de la faire interner dans l'aile des aliénés dans le plus grand secret.

* * *

Le vague à l'âme, Lyvania déambulait à travers les pièces de sa villa, tout en serrant sa poupée contre elle. Un immense chagrin l'envahissait lorsqu'un détail lui rappelait que plus jamais elle ne verrait Wladimir se dépêcher d'éteindre sa pipe, pour que la fumée ne lui pique à la gorge, quand elle entrait impromptu dans son cabinet de travail. Qu'elle ne sentirait plus les bons petits plats mijotant de Marika qui apportaient le réconfort, ni entendrait ses chaleureux éclats de rire.

— Quel gâchis, Anya ! Tous ces pauvres gens... c'est horrible !

Elle plongea ses yeux dans la profondeur du regard d'Anya.

— Et, maintenant, que vais-je faire ? Comment vais-je prouver mon innocence ? Comment vais-je pouvoir rompre le sortilège ? Tout se retourne contre moi ! Dire que le vieux Yul, nous avait conté cette histoire. Si, je m'en étais souvenu. Peut-être, n'aurais-je point commis cette folie ?

Elle s'assit sur la méridienne et resta à la recherche de solutions, perdue au fin fond de ses réflexions assiégées par de tortueuses pensées. Ce n'est que bien plus tard qu'elle réalisa avoir entendu frapper à la porte d'entrée. Elle découvrit une lettre glissée dessous.

— C'est de Pavlin ! Ce doit être Dmitri qui me l'a apporté.

Elle se dépêcha de la déplier.

« Ma Lyvia,

Serguëi m'a informé qu'un ordre d'arrestation avait été délivré contre toi... »

— Oh, non ! lança-t-elle en vacillant.

Alors, qu'elle finissait de prendre connaissance de la missive, des gardes tambourinèrent à l'entrée. Prise de panique, elle s'ensauva par son passage secret. Mais, dans sa hâte, elle oublia de refermer le miroir. Les gardes mirent peu de temps à le découvrir après avoir pénétré dans la villa.

Lyvania talonnait par ses poursuivants, s'enfonça avec une courte avance dans l'ancienne partie de la ville. Et, c'est ainsi que sous un voile crépusculaire une chasse aux sorcières commença parmi les vestiges désenchantés. L'espace d'un instant, la cantatrice crut entrevoir le rossignol d'Ut la survoler. Cependant, son oreille fut frappée par les voix hostiles des gardes qui ne lui laissaient aucun répit. Terrée dans l'ombre d'un muret, le pouls palpitant, le cœur serré, elle retint sa respiration à l'approche de bottes piétinant avec forces les gravats. Alors, qu'un garde se dirigeât vers le petit mur, un bruit sourd l'emmena vers une autre direction. Le rossignol reparut devant le visage de la jeune femme qui rassemblait ses émotions.

— Tu n'étais pas un mirage de mon imagination taraudée, chuchota la cantatrice.

— Peut-être, le suis-je ? Qui sait !

— Rends-moi ma voix ! ordonna-t-elle.

— Ne l'ai-je point fait ?

— Tu t'es joué de moi.

— Je n'ai fait que profiter de ta maussaderie pour m'immiscer dans tes songes.

— Et ainsi te faire libérer et m'affubler d'une voix mortifère en guise de remerciements.

— Je suis une très vilaine sorcière. Voici ma proposition : si tu m'attrapes, je romprai le sortilège.

Sur-le-champ, Lyvania bondit dessus à la manière d'une chatte sur sa proie, mais lorsqu'elle regarda sous ses mains, l'oiseau perché sur sa tête se gaussa avant de se volatiliser. La cantatrice reprit sa fuite hantée par les gardes qu'elle voyait apparaître et disparaître, tels des fantômes d'opéra revenant d'outre-tombe. Elle essayait, pour ne pas sombrer dans la folie de garder à l'esprit les mots de Pavlin. Celui-ci disait dans sa missive :

« Rejoins-moi, ce soir, près de l'arbre du conteur pour quitter le pays. Sans te donner de faux espoirs, je me suis souvenu d'avoir entendu des histoires sur des guérisseurs de Bretagne, lors de mon voyage en Europe. Je suppose que ça vaut la peine d'essayer de les trouver. »

Hélas, Lyvania se situait à l'opposé dudit lieu. Le rossignol d'Ut revint voleter à l'entour de la jeune femme en sifflant des airs éraillés pour lui provoquer des vertiges.

— Ne serais-tu point aise à te soustraire de tes assaillants avec ta voix ? Sombre-les au fond d'une nuit noire de l'âme et ils s'escoffieront eux-mêmes par leurs lames.

— Je ne suis pas un occiseur !

— Ce n'est pas ce que semblent croire les autres.

— Nous savons que c'est toi et ton ensorcellement les véritables coupables. Si je le pouvais, je te remettrais dans ton œuf.

— La place est déjà prise. Mais, attrape-moi ! Et je romprai le sortilège.

Par comble d'infélicité, sur sa lancée, elle se foula la cheville en trébuchant contre un débris. Elle ravala cris et sanglots pour ne pas alerter les gardes. Toutefois, ceux-ci étaient trop préoccupés à poursuivre le spectre d'une cantatrice, car la sorcière folâtrait à leurrer ces soldats de plomb. Subitement, une lueur d'espoir lui apparut, tel le halo d'un phare guidant le navire sur l'écume des vagues. Elle songea à se réfugier chez le vieux Tuomas, et que de là, elle trouverait bien le moyen de prévenir Pavlin. Lyvania puisa la force de se relever, malgré le froid qui commençait à engourdir son corps. Des voix de castrats se faisaient l'écho de ses peines sur les murs décrépis. Elle se sentait traquée, désemparée au milieu de cette cauchemardesque tragédie, prise en étau entre les gardiens et ce maudit rossignol. Ce dernier la tourmentait, l'agaçait, de lui répéter sans cesse de l'attraper pour rompre le sortilège, alors que la douleur s'intensifiait. Le seul atout qu'elle possédait face à ses poursuivants était la connaissance du lieu. Ainsi, après bien des difficultés, elle atteignit le pont. Hors d'haleine, elle reprit son souffle, puis courut à cloche-pied, toute tremblante, en serrant les dents. Un garde la repéra et sonna l'alerte, au moment où elle avait franchi les trois quarts du pont.

— Il ne faut pas qu'elle passe de l'autre côté, s'écria le garde-chef.

Lyvania se figea, terrorisée, voyant une virulente gueule béante foncer vers elle. Le rossignol se posa au-dessus du petit mur à hauteur d'appui en sautillant d'impatience, puis en rebattant les oreilles de la cantatrice de l'attraper pour que tout se termine.

— Je vais te tordre le cou, s'emporta-t-elle.

Lyvania s'élança avec colère pour le saisir, mais le parapet de pierre s'effrita. Elle perdit l'équilibre et chuta dans le lac glacé.

* * *

Pavlin l'attendit jusqu'à l'aurore, mais la jeune femme n'arriva jamais. Ils repêchèrent les corps des gardes noyés, sans retrouver celui de la cantatrice même après des semaines de drainages. Les gros titres des journaux la fustigèrent et elle passa de l'adulation au mépris. Répugné par les sordides rumeurs qui circulèrent au sujet de son amie, Pavlin quitta le pays, puis erra par voies et par chemins. Les ailes rognées, il ne parvint jamais à remonter à bord d'une montgolfière, car à chaque essai, le pernicieux serpent de la culpabilité l'étouffait. Par moment, il pensait qu'il aurait mieux valu que ce soit un autre qui l'ait emmenée vers ce tragique destin.

Que diantre, avait-il bien pu se passer ? Il se posa cette question tout le reste de son existence, mais le mystère demeura enfoui dans les mémoires des ruines larmoyantes. Toutefois, il avait entendu dire que si un pèlerin se perdait et que par malchance, il empruntait ledit pont, une ode à la mélancolie émergerait des brumes pour l'entraîner au tréfonds du lac. Et si, par malheur, il résistait à cette tentation, le vague à l'âme le bercerait à tel point que l'infortuné préférerait mettre un terme à ses idées noires en s'ôtant la vie sur les notes de désespoir de la cantatrice des soupirs.

FIN

Le Roi Crapaud

Anthony Kontz

Il était perché sur son nénuphar, regard globuleux devant lui. D'autres compatriotes trônaient sur d'autres nénuphars. Les autres compatriotes possédaient eux aussi un regard globuleux, qu'il pointait face à eux. Occasionnellement, des paupières se fermaient pour s'ouvrir dans la foulée, humidifiant des yeux asséchés par un modeste vent frais en cette chaude soirée d'été. Il s'en foutait de la saison, seule la chaude soirée importait, été ou pas. Ses compatriotes n'en avaient cure également. Les nénuphars idem. Les libellules en plein vol adjacentes non moins. Ainsi que les arbres. Tout le monde en fait.

Ils n'étaient pas de grands bavards. La chaleur était intense, nonobstant le petit vent frais. Mais ce petit vent frais asséchait leurs yeux, les obligeant à cligner. Notre personnage principal détourna son regard vers la droite pour observer l'un de ses compatriotes. Il gonfla son sac vocal, ouvrit sa gueule en grand, et dégonfla son sac vocal tout en produisant un son. Son compatriote de droite obliqua son regard vers lui à la suite de ce son pour en émettre un aussi. Un autre, sans doute ému comme il le peut par cette mélodie, décida de pousser la chansonnette. S'ensuivit un maelström sonore désorganisé. Tout revint dans l'ordre quand ils se rendirent compte que cela ne servait à rien. Ils venaient de perdre leur temps en futilité et résolurent de le rattraper. Ils reprirent leur position d'origine, regard globuleux devant eux, clignant de temps à autre à cause de ce maudit petit vent frais pourtant fort agréable en cette chaude soirée d'été.

Notre personnage principal n'est autre qu'un crapaud. Ses compatriotes ne sont autres que des crapauds. Et ils attendaient, prostrés sur leurs nénuphars, qui eux ne se posaient aucune question.

Pour dire vrai, le nénuphar se posa une question, mais elle est tellement spécieuse qu'il est inutile de l'évoquer.

La question posée est en fait d'une grande utilité, à condition d'être un nénuphar.

Le nénuphar ne peut émettre cette question, qui restera donc sans réponse.

Il est bien dommage de ne pas connaître la question, car toute personne réfléchie rêve de savoir ce à quoi pense un nénuphar.

Ou pas.

Notre crapaud était sur son nénuphar, environné de dizaine de compatriotes, tous sur des nénuphars. Les nénuphars attirent les crapauds. Les crapauds n'attirent pas les nénuphars, les nénuphars se moquent même complètement des crapauds, ils subissent simplement leurs assauts. Notre crapaud observait, sans bouger sa tête, les alentours. Ses gros yeux globuleux permettaient d'obtenir un grand champ de vision, impossible à acquérir pour une taupe par exemple. Ou une huître. Ou encore une asperge. Par contre, un escargot, c'est autre chose. Mais revenons à notre crapaud.

Notre crapaud, donc, trônait sur son nénuphar. Pour être pointilleux, ce n'était pas exactement le sien, dans le sens possessif du terme. Le nénuphar était sans roi, et le crapaud décida de l'envahir. Ce ne fut pas bien difficile.

Notre crapaud régnait donc sur son nénuphar, qu'il conquit sans grande difficulté. Il regardait devant lui, clignait de temps en temps les yeux pour les humidifier à cause de ce petit vent frais agréable en cette chaude soirée d'été, et se dit qu'il avait faim. Il se dit qu'il avait faim après avoir vu voleter une libellule près de lui. Avait-il vraiment faim ou la faim est-elle venue après une vision d'un succulent casse-croûte ? Notre crapaud ne possédait pas la réponse, il désirait simplement gober la libellule. Voulait-il la gober car il avait faim, ou juste parce qu'elle tournicotait autour de lui ? De nouveau, notre crapaud ne détenait pas la réponse.

La libellule volait autour du crapaud. Cherchait-elle à le narguer? Probablement. Le crapaud décida de ne pas se laisser faire. Il ouvrit sa gueule bien grande, déploya son immense langue collante, et loupa la libellule. La langue collante se retrouva sur un compatriote, avant de revenir à son point de départ.

La libellule, fière d'elle, retourna à la charge. Elle déclencha ses ailes et vrombit à proximité du crapaud. Le crapaud donnait l'impression de s'en désintéresser, mais ce n'était pas le cas, malgré son calme olympien. Il gardait son regard globuleux devant lui, sans bouger, hormis des clignements bienveillants pour humidifier ses grands yeux asséchés par ce petit vent frais en cette chaude soirée d'été. La libellule tourna de nouveau autour du crapaud, narguant ce dernier de ses battements d'ailes d'une grande rapidité. Le crapaud, sans bouger son regard, déploya promptement son importante langue collante, et loupa derechef la libellule, qui se posa sur une feuille afin de reprendre ses esprits tandis que la langue retourna dans sa cavité buccale, après s'être décollée du compatriote à sa gauche.

La libellule, ennuyée par ses mornes journées habituelles, revint à la charge.

La libellule cherchait la merde, à n'en pas douter.

Peut-être que la libellule ne se rendait pas compte de son acte.

Elle décolla, puis tournailla autour de notre protagoniste le crapaud. Elle osa même atterrir sur sa tête, puis vrombit ses ailes pour l'enquiquiner.

La libellule savait pertinemment ce qu'elle entreprenait.

Elle cherchait la merde.

La libellule, après avoir embêté l'imperturbable crapaud, décolla de sa tête, puis finit dans le ventre de celui-ci. Il avait cette fois visé juste. La libellule aurait certainement dû savoir quand s'arrêter, sauf que ce n'est pas le fort d'une libellule.

Le crapaud venait de rassasier sa faim, mais avait-il réellement faim ? Il s'en foutait. Il recentra son regard devant lui et émit un doux son, repris en chœur par la dizaine de compatriotes présents. Mis à part chanter et gober des libellules, le crapaud ne savait rien faire d'autre. Il se faisait chier.

Voici comment se termina cette première soirée en compagnie de notre personnage principal : le crapaud. La nuit arriva, et il la passa sur son nénuphar, avant une nouvelle journée tout aussi ennuyeuse.

* * *

Les soirs se suivent et se ressemblent. Les crapauds envahirent de nouveau la mare aux multiples nymphéacées, et notre protagoniste en fait bien entendu partie. Sauf que le nénuphar de la veille fut conquis par un autre crapaud. Ils ne sont pas réputés pour être de vaillants combattants, et notre héros décida de sauter sur un nénuphar déserté devant un arbre en apparence quelconque.

L'arbre n'était pas quelconque.

L'arbre était magique.

Mais le crapaud ne le savait pas, il s'en foutait.

Le crapaud se fiche de tout, vraiment tout.

Les arbres aussi se moquent de tout, sauf celui-là.

— Bienvenue à toi, crapaud.

L'arbre venait de parler. Le crapaud, sans bouger, observa l'arbre. L'arbre était pourtant un arbre comme les autres, sauf que sur celui-ci se formèrent une bouche et de grands yeux. Un broussin faisait office de nez. Était-ce un nez ou le broussin était-il pile où il devait être pour faire croire à un nez ? Le crapaud ne possédait pas la réponse. L'arbre quant à lui la détenait, mais allait-il la prodiguer ?

— Si tu t'interroges sur l'amas d'écorce en mon centre, ceci n'est pas un nez.

L'arbre venait d'annoncer la réponse à cette question fatidique, mais le crapaud fit mine de ne pas écouter et coassa benoîtement. Le broussin était bel et bien un broussin, et non un nez. L'arbre n'avait de toute façon aucun besoin de respirer, il était au sommet de toute cette fatigante façon dont fait preuve le monde animal pour rester en vie, aussi misérable soit-elle. L'arbre était un saule pleureur, un saule pleureur magique à n'en point douter. Ses majestueuses branches aux feuilles tombantes plongeaient vers la mare pour caresser délicatement sa surface brillante. Le crapaud, sur son nénuphar, était entouré des frondaisons du saule pleureur magique. Les autres crapauds ne pouvaient voir la bouche et les yeux de l'arbre, et même s'ils le pouvaient, ils n'en auraient cure, tout comme notre protagoniste.

Le saule pleureur sourit de toutes ses dents couleur écorce. Une haleine fraîche se fit sentir, eucalyptus. Le saule ouvrit de grands yeux, couleur écorce aussi.

Le petit vent frais de la veille, en cette chaude soirée d'été, apparut de nouveau, virevoltant les petites feuilles du saule dans la même direction en une danse suave et apaisante. Le petit vent frais émettait un murmure agréable à l'oreille du crapaud ; le bruissement des feuilles également. L'arbre avait mis toutes les chances de son côté pour attirer le crapaud... ce crapaud.

Pourquoi celui-là ? Le saule détenait la réponse.

— Tu te questionnes sur ta présence ?

Le crapaud, de toute évidence, ne se posait pas cette question. Il était obnubilé par le mouvement synchronisé des feuilles, qui cessa d'un coup d'un seul.

— Oui, j'ai arrêté le vent, tout comme j'ai fait apparaître ce nénuphar devant moi.

Le crapaud, de nouveau, faisait mine de s'en foutre. Il coassa, gonfla son sac vocal, puis expulsa l'air en un élan musical digne des plus grands orchestres symphoniques.

L'arbre n'en parut pas offusqué.

Il souffla une rafale d'air à l'eucalyptus pour ainsi attirer l'attention du crapaud.

Le crapaud interrompit son chant, malheureusement déjà repris en chœur.

L'arbre venait d'attirer l'attention du crapaud.

Le crapaud sembla enfin ouïr.

L'arbre parla.

— Écoute-moi bien, crapaud, de tes actes vont dépendre toute vie sur cette planète. Enfin, toute vie sur ce continent. Pour être précis, toute vie dans un rayon assez court autour de moi.

Le crapaud coassa.

— Bon, maintenant que ton attention est mienne, je vais t'expliquer ce que j'attends de toi.

Le crapaud coassa, sans doute d'accord, cela est compliqué à savoir.

— Un monde magique et merveilleux t'ouvre ses portes, un univers de féerie et de sorcellerie, un monde où enchanteur et chevalier s'unissent contre d'obscurs desseins, un univers où se succèdent guerre et paix, paix et guerre, puis de nouveau guerre et paix. Après une période de guerre, la paix surgit. Mais à la fin d'une période de paix, une guerre éclate. D'où tant de successions entre guerre et paix, puis paix et guerre, et de nouveau guerre et paix. Pour être précis, nous vivons dans une période de guerre, mais une paix ne va pas tarder à arriver. Cette paix adviendra grâce à toi... avant une nouvelle période de guerre, suivie d'une période de paix.

Le crapaud goba une libellule devant les yeux mornes du saule pleureur. L'arbre magique souffla tout l'air de ses...

— Bon, je perds ton attention crapaud, donc revenons à nos buissons. Tu vas devenir intelligent grâce à mes dons, car j'en possède le pouvoir, pour ensuite devenir roi. Tu quitteras cette mare aux multiples crapauds pour te diriger vers le royaume de Bêêêêêêcité. Euh... je comprends ton appréhension, mais cette localité n'est peuplée que d'animaux, et les fondateurs de cette ville sont des moutons, moutons que j'ai rendus brillants.

Coassement.

— Bon, je vois que tu m'écoutes. Tu vas devenir roi grâce à mes dons, puis tu vas conquérir cette cité sous l'emprise actuelle de la guilde des loups, en guerre avec la guilde des brebis, elle-même en conflit avec la guilde des rats, toutes trois dans une lutte acharnée contre la guilde des chevaux. La guilde des loups et des chevaux est en guerre avec la guilde des putois. Celle-ci et la guilde des brebis est en rivalité contre la guilde des chats, qui elle est alliée avec la guilde des chiens, étonnant, je sais, toutes deux en hostilité contre la guilde des chevaux et des rats. Non, pas des rats, mais je m'y perds avec toutes ces guerres. Bref, tu m'as compris, éradique-moi tout ça pour devenir le roi de Bêêêêêcité, que tu pourras renommer à ta guise. Soit un monarque clément, bon avec son peuple. Pour cela, je vais te rendre intelligent grâce à ma puissante magie. Es-tu prêt ?

Coassement.

— Bien, ouvre bien les yeux et n'ai pas peur, ça picote un peu. Dès que le sort sera terminé, tu seras aussi ingénieux que moi, voire même plus. Tu te demandes comment un arbre peut être intelligent. Ne te pose pas une question que je me pose tous les jours sans trouver de réponse. Bon, continuons si tu veux bien, même si je soupçonne sincèrement que tu le veuilles. Une fois la magie opérée, tu te dirigeras vers Bêêêêêcité...

Un coassement coupa l'élan du saule pleureur magique, qui cette fois-ci en parut offusqué. Il plongea son regard dans celui du crapaud, totalement inerte et morne. L'arbre souffla de nouveau tout l'air de ses...

— Je comprends ta question. Bon, en sortant de la mare, tu te dirigeras tout droit vers un chêne millénaire plutôt grincheux. Ne lui parle surtout pas, sa longévité l'a aigri, ainsi que les nombreux oiseaux nichant sur ses branches. Bref, contourne-le sans un regard, même bienveillant. Plus loin, tu arriveras à une intersection à sept embranchements, prends le sixième... à moins que ce soit le cinquième. Au pire, tu retourneras sur tes pas. Ensuite, tu devras parcourir un long chemin sinueux qui débouchera sur une intersection. Tu iras à gauche, puis à droite, et trois-quarts gauche pour finir cinq-sixième droite avant de braquer vers la gauche-centre pour aboutir à quatre-vingt-dix degrés à droite mais pas trop à droite. Bêêêêêcité sera juste devant toi.

Coassement.

— Tu es impatient ! Je comprends. Allons-y maintenant, je pense avoir tout dit.

Le saule ferma les yeux et parla à voix basse. Il baragouina des élucubrations absconses, dans une langue ancienne inconnue. Ses branches tournèrent de façon synchronisée et changèrent de sens à chaque nouvelle phrase. De gros nuages apparurent et la pluie tomba en trombe dans la foulée. Le vent se mit à souffler, accompagnant les branches et changeant de sens et de rythme cycliquement. Le tonnerre gronda, des éclairs illuminèrent le ciel devenu sombre, le crapaud ne bougea pas d'un iota.

L'arbre continua son incantation sans se soucier du tumulte à l'entour. Il la récita comme s'il l'énonçait depuis bien longtemps, ce qui était le cas. De la fumée violette se forma dans l'entourage du saule pleureur, fumée aux couleurs mouvantes à chaque grognement du tonnerre. Un éclair s'abattit sur la tête du crapaud, puis ce dernier se souleva de son nénuphar pour se retrouver à vingt centimètres du sol. Il grandit spontanément, en quelque seconde, pour ainsi acquérir une taille humaine. Il redescendit tranquillement sur son nénuphar, sous un ciel de nouveau clair. L'arbre venait de finir son incantation magique dans une envolée de fumée multicolore, sous fond de grondement biblique et d'éclairs multiples sombrant à proximité.

Tout redevint comme avant, sauf que le crapaud ne tenait plus sur son nénuphar.

Il tomba à l'eau.

Il sortit de la mare et se cambra sur ses pattes arrière. Il tangua plusieurs fois avant de trouver l'équilibre.

— Waouh, quel pied !

Le crapaud parut émerveillé.

Il était émerveillé.

— Je parle ! Magnifique, je parle.

— Exactement, tu parles, rétorqua le saule.

Le crapaud bondit et se retrouva de nouveau dans la mare, surpris. Il sortit de l'eau et remua son corps.

— Un arbre parlant, comme c'est inattendu.

Le saule fut étonné, puis il lui lança un regard las.

— Et un crapaud jasant, cela n'est-il pas déconcertant ? Enfin bon, passons. Crapaud, va conquérir ton royaume.

Le crapaud parut interloqué, comme s'il ne comprenait pas la demande de l'arbre magique.

Il ne comprenait pas sa demande.

— De quoi parles-tu, arbre ?

— Je viens de philosopher sur ton avenir avec explication à la clef, ingrat, puis je t'ai rendu intelligent... Euh, j'aurais certainement dû te rendre intelligent avant. Bon, reprenons depuis le début.

Et le saule reprit depuis le début.

* * *

Le crapaud était sur le chemin de Bêêêêêêcité, une larmichette en souvenir de sa mare tant convoitée. Il n'était plus un crapaud insignifiant, il était un crapaud humanisé. Il se sentit nu une fois le récit de l'arbre magique terminé, et ce dernier lui offrit des vêtements, cachés sous une énorme branche au sol. Où avait-il déniché ces vêtements, royaux en plus ? L'arbre ne lui répondit pas, comme perturbé devant cette question. Le crapaud les enfila et quitta le saule pleureur pour quérir son royaume.

Il se gratta, il n'était pas habitué à revêtir des habits. Seuls des êtres chastes et emplis de honte portent des vêtements pour cacher leurs attraits si dérisoires. Les animaux n'en ont pas besoin, aucune pudeur en eux, même avec des attributs blâmables.

Le crapaud se dirigea tant bien que mal vers Bêêêêêêcité. Il dut revenir sur ses pas à plusieurs reprises. Les explications du saule pleureur magique étaient vagues ; le crapaud aurait dû le sentir : suivre l'itinéraire d'un être qui ne peut lui-même le réaliser faute de pattes était des plus risqués. Pendant ce temps fort long, il décida de se trouver un nom royal, mais sans renier ses origines. Sire crapaud lui vint en tête, mais il estimait ce titre fort présomptueux. Son Altesse le Crapaud aussi. Ainsi que Mon Bon Crapaud. Tout comme Sa Majesté le Crapaud. Il se résolut à mettre de côté tout titre honorifique suivi de « crapaud ». Il devait trouver un prénom, suivi d'un numéro pour le futur de sa lignée. Crapaud Ier émergea de suite de son cerveau, mais il se ravisa ; un autre titre que « crapaud » était nécessaire, même s'il en était un.

Il marcha, des idées plein la tête, sans même se soucier du sentier emprunté. Jérôme II, Christopher III, Jean-Bernard IV. Tant de désignations, tant de choix, que de difficultés à se décider ! Omar VIII, Roger X, Christian XI. Il se gratta son crâne tout vert et luisant, parcourant chemins et passages délicats, croisant arbres et animaux. Soudain, une question lui vint à l'esprit : pourquoi diantre ne pas choisir « premier » ? Logique pour le premier monarque d'une future lignée régente. Être le premier, même de nom, pouvait devenir dangereux ; il voulait éviter toute tentative d'assassinat. Alors qu'être le cinquième, le sixième voire le dixième, cela invoquait le respect, aussi mensonger soit-il. Benoît XVI par exemple, une si grande lignée, accessoirement fictive, imposait une admiration conséquente.

Le crapaud marcha, se gratta de nouveau la tête, se prit les pattes sur des ronces et tomba cul par-dessus tête. Un joli roulé-boulé, amorti par un arrondi natif du dos. Il se releva, coassa par réflexe, et le trouble advint. Face à lui, sa vision paraissait floue, mais seulement devant lui. Il tourna la tête à droite, à gauche, puis la recentrer. En aucun cas ce n'était un mirage. Ou peut-être, mais un mirage réel et non dans sa caboche. Il tendit sa patte avant droite. Cette dernière traversa l'illusion, mais sa main devint trouble pour le crapaud. Médusé, il recula d'un bond pour se retrouver les fesses dans des ronces. Il se réavança tout en se grattant l'arrière-train, puis décida de sauter au sein du mirage.

Le crapaud sauta au travers du mirage.

Le crapaud se retrouva derrière le mirage.

Le crapaud se releva, puis le mirage se ferma, comme par magie.

C'était de la magie.

Où était-il ? Le crapaud ne savait pas, mais c'était certainement le royaume dont parlait le saule pleureur magique. Il marcha, de grands yeux globuleux ébahis par tant de couleurs chatoyantes. Près de sa mare, l'herbe était terne, alors qu'ici, elle était verdoyante et touffue. La couleur des arbres était bien plus vive également, et l'eau de la rivière à ses côtés se déversait tout en limpidité. Même les abeilles bourdonnaient de façon agréable à l'ouïe, contrairement aux vrombissements enroués des abeilles de sa mare.

Le crapaud scruta ses mains, et elles aussi étaient plus vertes, plus vives et plus attrayantes. Tout ici était plus beau, plus coloré, plus charmant. Un arc-en-ciel se créa même sans une once de pluie. Magnifique. Le crapaud sautilla et sifflota. Puis il sifflota et sautilla.

Tout ici était bien plus beau.

Tout ici était bien trop beau.

Il y avait forcément anguille sous roche ; cela ne pouvait pas être si joli et attrayant. Le crapaud devenait inquiet et sceptique. Un charme si fou pour une utopie délétère, songea-t-il. Il regardait tout autour, sauf devant lui, quand il percuta quelque chose :

— Bêêêêêêê, faites attention non d'un renard.

Surprise ! il était en présence d'un mouton en armure, hallebarde en patte. Il se demandait comment il pouvait la tenir et n'écouta pas la question. Le mouton en armure, un brin agacé par le manque de respect du crapaud, cracha au visage de ce dernier.

— Je peux me transformer en lama s'il le faut.

— Arrête tes conneries Gustave, quelle idée de t'apprendre à cracher !

Le crapaud regarda le deuxième garde, car ils étaient toujours au nombre de deux aux entrées des royaumes. En arrière-plan se profilait un grand et beau château au centre d'une ville médiévale traversée par un petit cours d'eau sinueux. Deux grandes étendues verdoyantes contournaient les coteaux, avec à l'arrière une immense forêt aux arbres majestueux. Le temps était bizarrement orageux dessus du royaume, mais juste à cet endroit précis. Un ciel bleu illuminait les abords de mille rayons agréables et d'un léger vent frais. Le crapaud recentra son regard sur le deuxième garde, un crachat l'en aida. Ce garde était un lama, en armure lui aussi.

— Désolé, réflexe.

— T'excuses pas George, il ne mérite que ça.

Le mouton en armure cracha de nouveau, le crapaud essuya son front vert d'un glaviot vert aussi.

— T'es chiant Gustave, arrêtes de te prendre pour ce que tu n'es pas.

Le mouton souffla et se ravisa ; il ravala ce qu'il avait en bouche.

— Très bien George, mais juste par respect pour toi et ceux de ta race. Bien, comment t'appelles-tu ?

Il tapait du pied, impatient de savoir à qui il avait affaire. Le crapaud sua à grosses gouttes, il avait pourtant réfléchi à la question, mais le stress prenait le dessus. Il répondit du tac au tac :

— Son Altesse mon bon Roi Sire Crapaud VIII le Majestueux.

Et voilà, il perdit tous ses moyens. Gustave et George se lorgnèrent, puis éclatèrent de rire. Leur hilarité continua un long moment, sous le regard médusé du crapaud.

— Son Altesse mon bon Roi Sire Crapaud VIII le Majestueux, répéta le mouton avant d'envoyer une salve de bave.

Le lama cessa de ricaner et toisa furieusement son collègue.

— Tu me les brises Gustave. Sérieusement. Bon, faites place au nouvel habitant de Bêêêêêêcité : Son Altesse mon bon Roi Sire Crapaud VIII le Majestueux.

Le lama hurla cette phrase, reprise par un perroquet de passage, ensuite aboyée par un chien, et ainsi de suite. Sa réputation venait d'être souillée.

— Allez, ma belle, entre, se moqua le mouton en armure.

* * *

L'air était à l'orage. Son Altesse mon bon Roi Sire Crapaud VIII le Majestueux venait de franchir l'entrée du royaume, entrée en fin de compte mal gardée par ses deux énergumènes. Heureusement qu'une muraille ceinturait le royaume tout en faisant office de défense imprenable. Le crapaud, dans son habit princier, traversa des champs cultivés avant de se retrouver aux portes de la cité. Cette fois-ci, un groupe de moutons en armure tenait le pont-levis à l'entrée de la ville de Bêêêêêêcité, aucun lama ni autre espèce avec eux.

— Tiens, qui voilà ? On dirait bien Son Altesse mon bon Roi Sire Crapaud VIII le Majestueux.

Le crapaud était maintenant la risée de tous. Il devait se ressaisir, le saule pleureur magique lui avait donné une mission d'importance : reconquérir le royaume pour en devenir le monarque. Il se redressa le plus haut possible et bomba le torse avant d'annoncer avec assurance :

— Il suffit. Me prenez-vous pour un crapaud de pacotille ? Il n'en est rien, et je vais vous le prouver. Je suis le futur souverain de Bêêêêêêcité, que je renommerai à ma guise. Prosternez-vous, au lieu de vous moquer, ou vos têtes tomberont.

Les moutons de garde s'entre-regardèrent, se demandant s'ils devaient rire ou bien... rire.

Les moutons gloussèrent bruyamment.

Le crapaud se renfrogna.

Les moutons accentuèrent leur hilarité.

Le visage sombre du crapaud n'y changea rien.

— Tout doux ma belle, reprit l'un des moutons après avoir retrouvé son calme. Nous sommes des pionniers ici, nous avons conquis cette cité et l'avons appelé Bêêêêêêcité en hommage au premier mouton à avoir foulé ce sol pourri. Bon, il n'était pas encore doué de parole, d'où ce nom de royaume plutôt étrange.

— Chouette, coupa le crapaud, j'imagine donc que le monarque actuel est un mouton ?

Le garde paraissait gêné, il s'avança d'un pas déterminé vers le crapaud, épée tendue. Son Altesse mon bon Roi Sire Crapaud VIII le Majestueux se demandait toujours comment un mouton pouvait tenir une arme avec ses pattes sans doigts.

— Bon, écoute-moi bien la ballerine, te moque pas. Nous sommes des pionniers, pas des tyrans. Nous n'avons jamais voulu devenir les maîtres des lieux...

— Vous n'en avez surtout pas le courage les laineux.

Le garde tendit son épée, mais l'un de ses collègues posa sa patte sur son épaule.

— Laisse-la entrer la danseuse, elle va se faire étriper dans la soirée.

Les gardes s'écartèrent tout en se prosternant, par moquerie.

Le pont-levis se baissa et le crapaud pénétra au sein de la ville triomphalement, sous les railleries des moutons.

— Bon courage, Son Altesse mon bon Roi Sire Crapaud VIII le Majestueux... Ballerine.

Le crapaud n'en montrait rien et progressa dans son futur royaume la tête haute.

Une bruine se fit sentir, avant de se transformer en déluge. Quel temps de chien ! Orage, tonnerre, éclairs, pluie torrentielle... puis plus rien. Une magie était à l'œuvre, sans aucun doute, et l'on venait d'accueillir le nouvel arrivant. Le crapaud n'était pas le bienvenu, certainement une démonstration de force du monarque actuel, ou d'un potentiel prétendant au trône.

Qu'à cela ne tienne, le crapaud allait rétorquer. Pour atteindre cet objectif, il devait d'abord dénicher des amis, ou tout au moins éviter de coudoyer des ennemis. Il avança dans une ruelle sombre et malfamée. Un putois, un cheval et un chat se battaient pour une histoire de guerre des clans. Le putois envoya une salve d'aérosol avec ses glandes anales, immergeant le cheval d'une odeur nauséabonde. Ce dernier hua tout en balançant ses pattes arrière, éjectant le chat à l'autre bout de la ruelle.

Le crapaud n'était pas à sa place, il en avait conscience. Il regardait, surpris, la bataille sous ses yeux, qu'il fuit quand le cheval puant brandit une hache de... le crapaud ne savait pas d'où, mais le cheval la sortit et planta le putois.

Il mourut.

Le crapaud décampa sur le champ quand le chat revint à la charge épée en main.

Un miaulement lugubre pourfendit l'horizon.

Le crapaud ne se retourna pas.

Il venait enfin de quitter la ruelle sombre. Il avait maintenant le choix entre deux nouvelles ruelles sombres à l'allure malfamée et une grande rue éclairée aux multiples passants joyeux. Son Altesse mon bon Roi Sire Crapaud VIII le Majestueux décida d'emprunter la grande rue éclairée, pour une sûreté accrue. Il se faufila entre les loups, les moutons, les chats, les dindes, les poules et poulets, les chevaux, les ânes, les chiens, les putois, les mouflets et autres bêtes puantes. Apparurent même des animaux inconnus de lui et qu'il ne voulait pas connaître.

Beaucoup de couleurs illuminèrent le début de nuit obscure. De nombreux habitants, du bout de leurs doigts ou avec une baguette, utilisaient la magie avec étonnement et joie. Ils envoyaient, par volutes ou salves, de multiples nuances vers le ciel noir ; le spectacle était fort joli. Une boule de feu passa devant le visage ébahi du crapaud, réchauffant son crâne lisse. La boule de feu atterrit sur le derrière d'un mouton, qui flamba dans la foulée. Il courut dans tous les sens en hurlant. Sa laine disparut, puis une odeur de mouton rôti émana de la carcasse. Un autre mouton s'enragea tout en éructant des insanités envers un loup qu'il accusa du meurtre.

Le ton monta entre un troupeau de moutons et le loup, rejoint par un congénère. Le loup ne se défendit même pas car il avoua avant d'enflammer trois autres moutons. Le crapaud prit peur et recula, sauf qu'un mur l'empêcha de fuir. Un des moutons embrasés vint mourir sous son nez, un regard de pitié en cadeau. Le crapaud se dit que cette situation sentait le roussi, dans tous les sens du terme.

Il décida de partir quand les loups hurlèrent leur haine et le pourchassèrent. Le crapaud courut aussi vite qu'il le put, mais les loups étaient bien plus rapides. Il arriva vers le cours d'eau et sauta dans son élément ; il put s'éloigner de ces fous.

Après plusieurs brasses, il sortit du ruisseau. Le crapaud choisit de reprendre son souffle sur un rocher de taille modeste.

— Quel royaume de dingue !

Il pensa tout haut.

— M'en parle pas.

Le crapaud sursauta, puis recula, apeuré

— N'ait crainte momoche, je sais ce que sait d'être traité comme un pestiféré.

Le crapaud vit apparaître sous ses yeux un rat en habits délavés, une touffe de cheveux sale et un long nez crochu d'où sortaient de grands poils noirs hideux. Le rat était très laid, arborant de grosses dents dont une était cassée de moitié.

— Qu'es-tu venu foutre dans ce royaume tout pourri ?

Son Altesse mon bon Roi Sire Crapaud VIII le Majestueux était perdu ; pourquoi diantre le saule pleureur magique lui quémanda-t-il de conquérir ce royaume ? En même temps, un royaume ne se conquiert pas si facilement, il aurait dû deviner que de nombreuses difficultés joncheraient son chemin. Cette chose face à lui en faisait-elle partie ? Elle n'en avait pas l'air ; méfiance quand même.

— Je me suis perdu, répondit le crapaud un brin penaud.

— Perdu ? Hé, tu te fous de ma tronche pas franchement agréable à regarder ? Bon, dis-moi la vérité.

Le rat en habits délavés se voulait réconfortant. Il en devenait, comme qui dirait, attachant, en s'enlevant de la tête ces vilains poils de nez noirs.

— Un arbre magique m'a quémandé de conquérir le royaume de Bêêêêêcité et d'en devenir le monarque. Je me suis lancé dans cette quête tête baissée, sans vraiment trop savoir à quoi m'attendre.

Le rat s'approcha et enlaça le crapaud. Toute cette émotivité le rendait fleur bleue. Il lui tapota le dos et renifla bruyamment.

— Je soupçonnais que c'était un coup du saule débile...

— Un saule pleureur, rectifia le crapaud.

— Ouais, si tu veux princesse. Et tu comptais t'y prendre comment pour conquérir ce territoire moisi jusqu'à l'os ?

— Bah... euh...

Le crapaud se gratta la tête, comme pour réfléchir à une réponse qui ne vint pas, et qui ne viendra jamais.

— C'est bien ce que je me disais, répliqua le rat à la place du crapaud. Une telle corruption fait rage dans ce royaume qu'il est difficile d'y forer son trou, sans parler du seigneur en place. Et toi, ma belle, tu pensais pouvoir y arriver ? Sans connaissance ni ami ?

— C'était mon but premier. Je me suis aventuré dans une jolie rue éclairée par mille magies avec de multiples animaux à la physionomie fort réconfortante...

— Tu parles d'une rue de grande envergure avec de nombreux passants ?

— Oui, celle-ci, répliqua le crapaud. Elle avait l'air réconfortante...

— Réconfortante ? se moqua le rat. C'est la rue la plus malfamée de Bêêêêêcité. On y attire les pigeons comme toi, sans vouloir te vexer Robert.

Un roucoulement chantonna en cascade d'un arbre à l'arrière du rat.

— Il est cool ce Robert. Bon, je disais que l'on attirait les pigeons comme toi avec de magnifiques couleurs pour les trucider. Évite tant que tu peux les belles venelles attirantes comme celles-ci. Pourquoi n'as-tu pas emprunté les petites ruelles sombres ? Elles sont beaucoup moins dangereuses.

— Moins dangereuse ? Un cheval, un chat et un putois s'y entretuaient !

— Tu parles de Richard, Jean-Jacques et Joseph ? Ils sont potes, leur clan respectif ne sont pas en guerre.

— Le cheval a planté une hache dans la tête du putois !

— Richard a assassiné Joseph ? J'avoue que ça devenait tendu entre eux, mais je peux te jurer qu'ils étaient amis avant cette tuerie.

— Et toi, rétorqua le crapaud, pourquoi es-tu à l'écart de la ville ?

Le rat en parut froissé.

— Moi ?

— Exactement, insista le crapaud. Pourquoi donc es-tu à l'écart du royaume, sous ce rocher humide avec comme compagnon un pigeon dénommé Robert ?

— Bon, écoute-moi bien, s'offensa le rat, ce n'est pas de moi qu'il est question...

— Comment te faire confiance alors ? coupa le crapaud.

Le rat se gratta le ventre, soit pour réfléchir, soit pour ôter une puce.

— Très bien ma belle, tu veux savoir, tu vas savoir. Il y a deux ans, dans une auberge miteuse, un chien m'a inutilement irrité. Bon, pour être sincère, j'étais légèrement éméché. Légèrement seulement. Il m'a insulté, d'après mes souvenirs, et je l'ai appelé « sac-à-puces ». M'enfin, nous ne sommes pas là pour entrer dans les détails. En fin de compte, je l'ai mordu, une simple petite morsure. En rentrant chez lui, il a culbuté sa chienne. Puis sa chienne a mordu un chat, et le chat a griffé un lama, et le lama a craché sur un âne. Bref, pour conclure, un quart de la population de Bêêêêêêcité est décédé de la peste.

— Un génocide ?

— Eh, n'emploie pas de terme vexant s'il te plaît. Comment aurais-je pu savoir qu'une fièvre allait tuer un quart de la population ? Mais ne te méprends pas, j'ai encore beaucoup de relations... dans les bas-fonds.

* * *

Le crapaud et le rat se faufilaient dans un réseau souterrain labyrinthique. De larges artères voûtées faisaient office de routes, entrecoupées de fins cours d'eau sale. Le crapaud ne se sentait pas à l'aise, il lui manquait le grand air ; le rat était dans son élément : eau cradingue, allées parsemées de détritus, atmosphère poisseuse.

— Psst, hé, tu t'appelles comment le rat ?

— Tu le découvriras bien assez vite, répliqua-t-il, toujours vexé.

Le rat était l'ennemi public numéro un, une grosse prime jonchait sa tête telle une épée de Damoclès. De nombreuses affiches avec en son centre la trogne du rat et une somme sous celle-ci étaient disséminées sur les murs. Tous les rats se ressemblent de toute façon, songea le crapaud, sauf que lui est vraiment très laid et reconnaissable avec sa dent cassée. Dans quel pétrin s'était-il fourré ? Il voulait devenir roi, il allait finir embroché dans une ville pourrie par la corruption et la guerre des gangs.

— Je m'appelle Rat-Mort, car je sème la mort partout où je passe.

Énigmatique nom d'emprunt. Ce rat était véritablement inquiétant.

— Je n'ai pas besoin de te demander ton nom à toi, il a déjà fait le tour de la ville, Son Altesse mon bon Roi Sire Crapaud VIII le Majestueux.

— Ma langue a fourché.

137

— Sacré fourchage.

En plus d'être laid, il n'était pas très doué en orthographe. Comment cette chose allait-elle l'aider ? Le crapaud eut la réponse bien plus rapidement qu'il ne l'espérait, mais était-ce une nouvelle bienveillante ? Certainement pas.

Rat-Mort se tourna vers lui, un sourire carnassier en coin. Du moins c'est ce que visualisait le crapaud, mais il doutait maintenant, car ses dents étaient délabrées et sa bouche modérément avachie. Était-ce un sourire carnassier ? Un sourire tout court ? Bref, le rat tenta un semblant de sourire qui se solda par une moue interrogative du crapaud.

— T'as jamais vu un rat sourire ?

Le crapaud obtint sa réponse, c'était bien un sourire, assez raté à dire vrai.

— Hé, les déchets, sortez vos trognes de dégénérées.

Rat-Mort venait de lancer un appel ; de nombreux animaux surgirent de cachettes à l'efficacité discutable. Un serpent jaillit de l'eau crasseuse, un putois malpropre déboula d'un tas d'ordures, deux rats en pleine copulation étaient déjà devant leurs yeux, sans même se dissimuler.

— Son Altesse mon bon Roi Sire Crapaud VIII le Majestueux, commença le rat, je te présente les Déchets Souterrains. Les Déchets Souterrains, je vous présente Son Altesse mon bon Roi Sire Crapaud VIII le Majestueux.

Un « salut » collectif retentit. Le serpent approcha du crapaud, qui ne recula pas ; il devait montrer qui était le maître, et surtout qui était le futur monarque.

— Serpentin, laisse cette grenouille tranquille.

— Je ne suis pas une grenouille Rat-Mort, s'offusqua-t-il.

— Le tout c'est d'y croire ma belle, rétorqua le rat. Bon, heureux de rencontrer tes futurs alliés ?

Ce rat se foutait royalement de lui. En quoi ces hurluberlus allaient-ils l'aider ?

— Alors la Peste, toujours pas mort ?

— La ferme le puant, et moi c'est Rat-Mort. Incroyable, tu transmets la peste et décimes une population et ça te colle à la peau pour le restant de ta vie. Un conseil la grenouille, ne transmet aucune maladie.

De nombreuses autres vermines arrivèrent de toute part, c'était un véritable rassemblement de tout ce que la vie n'acceptait pas, hormis le crapaud, pas vraiment à sa place.

Le rat monta sur une estrade et utilisa ses pattes comme porte-voix.

— Écoutez tous bande d'ingrats dégénérés et puants, surtout toi le putois dégueulasse. Notre ami ici présent est soi-disant le futur monarque de ce royaume pourri. Nous allons l'aider, car en échange, il nous promet la liberté...

Le crapaud tira les poils du rat et l'attira pour lui chuchoter à voix basse :

— Je ne peux pas promettre des choses impossibles !

— Bien sûr que si, rassura Rat-Mort, un roi n'est qu'un politicien. Au contraire même, tu te dois de promettre des choses que tu ne réaliseras pas. Le plus important, c'est de te proclamer... euh... roi ? Et moi, la patte du roi.

— La patte du roi ?

— Oui, je serai ton second, pour faire court. Bon, ils s'impatientent, et la patience n'est pas leur fort, fais-moi confiance.

Le rat se retira de l'emprise du crapaud pour reprendre son discours :

— Liberté.

Ce mot fut scandé par toute l'assemblée.

— Une guerre des gangs se profile au-dessus de nous, et nous allons y mettre notre grain de sel, petit grain qui accentuera le carnage. Pourquoi me direz-vous ? Pour laisser libre passage à notre grenouille. Les gardes seront tous occupés, et pendant ce temps, cette chose verte en habits royaux se faufilera au sein du château pour tuer le monarque en place. Hourra à notre futur... euh... roi ?

— Oui Rat-Mort, s'offusqua le crapaud, un roi, je vais devenir un roi. Par contre, un plan d'action est nécessaire...

— Pas le temps, répondit Rat-Mort. Et notre plan débutera... Maintenant. Tous en surface pour foutre le bordel !

Les Déchets Souterrains ovationnèrent leur maître de cérémonie, fier sur ses deux pattes arrière, la tête haute et le torse bombé. Aucun plan, une désorganisation des plus totales : un fiasco en devenir.

— Suis-moi la verdure.

Son Altesse mon bon Roi Sire Crapaud VIII le Majestueux n'avait de toute façon rien à perdre, mais sa mare avec ses nombreuses libellules lui manquait. Qu'il était bon le temps de l'insouciance, du gobage de libellules et autres insectes volants, des chants repris en chœur, des arbres qui ne parlent pas...

— Tu ramènes tes fesses la princesse ?

* * *

Les Déchets Souterrains étaient venus en surface faire ce qu'il maîtrisait le mieux : foutre le bordel. Il n'y avait aucune magie en eux car ils en étaient exclus ; dès que l'on était banni de la surface et que l'on se retrouvait dans les bas-fonds, on était exempté de la magie. Les Déchets Souterrains n'avaient de toute façon pas besoin de magie pour réussir leur mission, rien de plus facile dans un royaume déjà corrompu jusqu'à la moelle ; un petit mot de travers est tout pouvait partir en couilles.

Serpentin s'approcha d'un cheval lors d'une polémique, il lui siffla à l'oreille gauche et se dernier pris peur, balançant ses deux pattes arrière sur une brebis de passage. Cette dernière hurla de douleur, attirant tous les laineux dans le voisinage. S'ensuivit une bagarre dantesque qui vira au massacre. Le gang des chats s'en mêla, ainsi que celui des loups, puis celui des ânes, venant en défense aux chevaux. Un âne fut rétréci par magie et écrasé d'un coup de patte. Un mouton perdit la tête, elle roula jusqu'à un chat qui en profita et s'en servit comme boule de bowling.

Deux rues en haut, une araignée mordit l'arrière-train d'un mouflet, avant de le regretter. Le mouflet, tout en expulsant un gaz nauséabond, envoya un éclair droit devant lui. Une loutre, en pleine baignade, fut électrocutée, ainsi que de nombreux animaux aux pouvoirs magiques incertains. S'ensuivit un maelström de couleurs et de bruit en tout genre : boules de feu, éclairs, foudre et même arcs-en-ciel tueurs descendirent du ciel en tout point du royaume.

Langue de Vipère échauffa les esprits en alludant aux gangs des calomnies. Les chats auraient dit des chiens qu'ils n'étaient que de petits toutous serviles ; les chevaux auraient déclaré des ânes qu'ils n'étaient que des bourriquets ; les mouflets seraient des pâles copies des putois, d'après eux ; les poissons rouges ne seraient que des sans-cervelles (leur gang n'est pas très imposant, compliqué dans un royaume en grande partie terrestre) ; les moutons ne seraient pas assez malins pour former un gang (ce qui est vrai) ; les chats ne seraient que de minables minous sournois ; les brebis ne seraient capables que de fabriquer du fromage ; les rats ne seraient que des vermines remplies de puces ; les batraciens ne seraient que des alcooliques même pas anonymes ; et ainsi de suite.

Ils sortirent tous épées, haches, hallebardes et toutes armes contondantes pour se foutre sur la gueule. Comment tenaient-ils leurs armes ? Cette question était sans réponse. Des pattes furent coupées, des têtes furent tranchées, des cœurs furent transpercés. Les cliquetis des armes résonnèrent, tout comme les cris d'effrois et les hurlements de douleur. Duels, magie et morts régnaient en maître dans cette ville qui franchit le pas du tendu. Bêêêêêêcité s'embrasa telle une torche avide d'oxygène. Les premiers bâtiments prirent feu suite à un lancer de flammes raté. Ça brûlait, ça braillait, ça mourait en tous sens.

Les Déchets Souterrains avaient réussi mieux qu'ils ne l'espéraient.

Le plan ne fut pas foiré.

Le plan fonctionna même du tonnerre.

Le plan fonctionna même trop bien.

Ce ne fut pas qu'un bordel, ce fut une hécatombe. Les morts s'enchaînèrent, s'entassèrent, se multiplièrent. Le sang, de différentes couleurs selon l'espèce, coula à flots, sous un déluge de nuances et de flammes.

Son Altesse mon bon Roi Sire Crapaud VIII le Majestueux ouvrait de grands yeux hagards devant ce spectacle désolant. Rat-Mort était jouasse, il ne s'attendait pas à ce succès inattendu.

— Pourquoi cette tronche de déterrée ma belle ?

Je t'en foutrais des « ma belle », songea le crapaud. Le saule pleureur magique lui avait sommé de conquérir le royaume, pas de le détruire. Ce n'est plus un massacre, c'est un génocide. Ces abrutis n'avaient pas que mis le feu aux poudres, ils avaient orchestré une explosion de violence.

— Te bile pas, ce royaume pourri le mérite. Et pis en plus, c'était déjà tendu.

Le crapaud n'en avait cure, il venait d'arriver dans cette contrée et en à peine deux heures, tout partait en flammes. Il était, en compagnie de Rat-Mort, en direction du château. Il vit toute cette déchéance en s'extrayant d'un souterrain à proximité du cours d'eau. Cette sortie n'était connue que du rat, qu'il mit un temps fou à creuser et cacher. Ils devaient longer la rivière et prendre ensuite à gauche, le château était à proximité. Rat-Mort espérait que toute cette violence soit matée à la source par toutes les forces en place, ce qui voudrait dire une surveillance moindre à l'entrée du château.

Son Altesse mon bon Roi Sire Crapaud VIII le Majestueux eut un regard attristé, une larme à l'œil. La scène qui se jouait devant lui était effarante, surréaliste, comme toute sa vie depuis sa transformation. Le crapaud jeta une dernière œillade à son futur royaume en proie aux flammes et meurtri, sous un déluge de couleurs chatoyantes.

Rat-Mort siffla pour attirer l'attention du crapaud ; Son Altesse mon bon Roi Sire Crapaud VIII le Majestueux fut attiré par le sifflement du rat.

Ils quittèrent les plaines verdoyantes de l'Est et entrèrent dans la ville par une porte en bois ouverte et non gardée.

Facile.

Pour l'instant.

Mais les complications vont arriver.

C'est toujours ainsi.

Rien n'est jamais facile, rien n'est jamais acquis. Surtout pour un futur roi crapaud.

Les deux compères parvinrent face au portail d'entrée en fer du château, avec en arrière-plan feu et cris d'horreur. Elle était gardée cette fois-ci, mais pas par des moutons. Deux porcs étaient à l'étroit dans leurs armures en acier, ils avaient inutilement menti sur leurs mensurations. Les porcs suaient à grosses gouttes et voguaient leur regard en tous sens. Le rat en habits délabrés se mit sur ses quatre pattes et courut vers les gardes. Le crapaud le rejoignit à grandes enjambées.

— Garde-à-vous, brailla le rat à l'attention des porcs.

Les deux cochons se prostrèrent, lance bien droite et tête aussi haute qu'ils le purent. Le crapaud déboula à sa suite, haletant.

— Que fais-tu Rat-Mort ? essouffla-t-il.

— T'inquiète princesse, je gère.

Les porcs, en voyant le rat, se détendirent. Mais ils suaient toujours autant.

— Pourquoi n'êtes-vous pas au front ? éructa le rat.

Les deux cochons roses s'entre-regardèrent, perplexes. Que répondre à un... rat débrayé ?

— Alors, j'écoute, continua ce dernier.

— Nous ne recevons pas d'ordre d'un rat puant.

— Ah, je ne suis pas n'importe quel rat, je suis LE rat. Vous n'en avez pas marre d'être la chair à saucisse des moutons ? Ils vous ont laissés à cet endroit car le danger est ici, et eux sont partis boire un verre ces malfrats.

— Explique-toi le rat, car ce que l'on entend, c'est une véritable boucherie…

— Ouais les gros porcs, sauf que ce n'est pas une boucherie, c'est un spectacle en l'honneur de notre futur monarque. Vous voyez ces couleurs ? C'est un feu d'artifice à la gloire de Son Altesse mon bon Roi Sire Crapaud VIII le Majestueux ci-présent.

Rat-Mort tapota le crapaud de son coude pour qu'il prenne la pose.

Le crapaud prit la pose.

— Et vous, bah on vous a laissé le sale boulot… comme toujours.

— Enfoiré de moutons, invectiva un des cochons. Déjà qu'ils se foutent de nous en nous obligeant à porter ces armures trop petites, et en plus ils nous mentent et ridiculisent.

— C'est toujours comme ça Grassouillet, continua son collègue.

— Plus maintenant, c'en est fini.

— Bien dit, répliqua le rat, envoyez-les se faire mettre et rentrez retrouver vos cochonnes.

— Ouais, cassons-nous. Qu'ils aillent se faire foutre les pleins de laine ! Bordel de mon cul, ils font chier. Allons nous rincer le gosier avant d'aller culbuter nos cochonnes.

Pendant tout ce temps, le crapaud arbora sa plus belle posture sans sourciller, montrant ses plus élégants atouts royaux.

Les porcs jetèrent au sol leur lance et partir tout en grognant.

Rat-Mort et Son Altesse mon bon Roi Sire Crapaud VIII le Majestueux entrèrent sans grande difficulté au sein du château à la rencontre du monarque actuel, que personne ne connaît tant sa discrétion est considérable. Sa tête allait tomber car il en était ainsi, le saule pleureur magique avait émis sa missive au crapaud, et il se devait d'y aboutir.

* * *

Le château était illuminé de mille bougies, flammes virevoltantes au gré des petits courants d'air. Le temps était à l'orage. Maudite magie. Ce monarque-là a soit des idées noires plein la cabosse, soit un humour novateur et déroutant. Tonnerre et éclairs surgirent, prodiguant un aspect inquiétant à la scène.

Rat-Mort et Son Altesse mon bon Roi Sire Crapaud VIII le Majestueux rencontrèrent deux gardes endormis. Aucune difficulté pour passer sans être repérés. Ils montèrent à l'étage par un escalier en colimaçon agrémenté de tableau d'anciens souverains. On pouvait y voir un singe couronné, un chat en habits royaux, un lapin monocle à l'œil et posture gracieuse, un cheval prostré sur ses pattes arrière le regard bravache. La galerie continuait dans le couloir jusqu'à la chambre seigneuriale, une multitude de portraits alignés par ordre chronologique. Les monarques se sont succédé à Bêêêêêêcité, leur espérance de vie n'est pas très grande.

Le crapaud ravala sa salive d'un air inquiet : tous ces animaux ont-ils rencontré le saule pleureur magique ? Que se passait-il au sein de ce royaume ? S'était-il fait piéger ? Il allait vite le découvrir. Encore un angle au bout du couloir et la chambre allait l'éclairer sur toutes ses questions en suspens. Il vit le dernier tableau, certainement le roi actuel : un loup en habit bourgeois, couronne vissée sur la tête et canne sérigraphiée pour appui.

— Je vais devoir me battre contre un loup.

Rat-Mort le regarda d'un air perplexe.

— Non ma grenouille, c'est celui d'avant. Une peinture est réalisée lors du sacre, puis fixée à la suite des autres le jour du décès du roi.

145

— Depuis combien de temps le monarque actuel est-il en place ? questionna le crapaud.

— Peu de temps avant ton arrivée.

— Combien de temps vais-je rester roi ?

— Sans doute pas longtemps, s'amusa le rat.

Ils bifurquèrent à l'angle pour se retrouver devant la chambre seigneuriale, gardée par deux troufions. Rat-Mort et Son Altesse mon bon Roi Sire Crapaud VIII le Majestueux se braquèrent, surpris de voir deux gardes alors que la folie régnait à l'extérieur. Dans un sens, ils espéraient passer facilement, mais la logique voulait au moins deux vigiles, car ils sont toujours par deux, quoiqu'il arrive.

— Halte-là, hurla un des deux gardes.

— Dégagez, cria le deuxième.

Rat-Mort sortit une épée d'on ne sait où et planta le premier garde. Le deuxième réagit à peine que sa carotide fût tranchée. Son sang coula à flots, mais il tenta sans succès de l'empêcher de jaillir.

— Tu étais obligé de les tuer ?

— Non, répondit le rat avec un rire sarcastique.

— Je suis le futur monarque de ce royaume, que vais-je bien faire de toi après mon couronnement ?

— Soit couronnée déjà ma grenouille, on en reparle après, rétorqua-t-il tout en tournant la poignée de porte.

Ils entrèrent au sein de la chambre royale. Le crapaud se demandait si c'était une bonne idée d'avoir suivi les conseils de ce dégénéré, mais il était trop tard pour les réflexions, aussi importantes soient-elles, même futile d'ailleurs, mais plus pertinentes sont-elles, moins bête il paraît, sauf que personne ne s'immisce dans sa tête, donc ses réflexions, tout le monde s'en fout.

La porte grinça en s'ouvrant, comme toute porte dans un tel moment d'angoisse.

La porte, en se refermant, grinça aussi, pour en remettre une couche et accentuer l'angoisse déjà bien présente.

La porte grinça même encore une fois fermée, pour bien signaler l'importance de son rôle.

Elle continua à grincer. Elle devenait agaçante.

Rat-Mort lui colla son pied aux...

Elle cessa finalement son bordel, pour le plus grand bonheur du crapaud, bonheur qui ne dura pas.

Leurs yeux s'écarquillèrent, enfin, ceux du crapaud, car le rat ne paraissait pas surpris. Bien au contraire. Devant eux se profilait un long corps fin surplombé d'une grosse tête avec de gigantesques yeux d'un vert opaque et deux antennes en perpétuel mouvement. Sur le haut de son corps s'alignaient trois paires de pattes noires et longues. Il était en position horizontale, sur ses six pattes, statique. La créature avança ses membres synchroniquement, présentant un abdomen segmenté au motif coloré sur fond vert. En s'approchant, il déploya de son thorax deux paires d'ailes, l'une plus longue que l'autre, plates, membraneuses et transparentes.

Le crapaud recula, épouvanté par ce qu'il vit.

Une libellule, roi de Bêêêêêêcité, une blague.

Le saule pleureur magique lui quémanda de découronner une libellule du trône de Bêêêêêêcité, pour y placer lui, un crapaud. Mais dans quel but ? Et pourquoi diantre autant de monarques pour un royaume pas si convoité ?

Rat-Mort avança et ploya le genou, tête baissée :

— Altesse, comme promis, je vous ramène votre princesse.

Le crapaud recula, effaré par les propos du rat, son censément seul ami. Il recula jusqu'à la porte, le regard devant lui pour éviter toute surprise. Mais la porte était fermée, et impossible à ouvrir, quelqu'un la bloquait. Il entendait de l'autre côté deux moutons glousser comme des truies. Tant pis, il fallait en savoir plus.

— Rat-Mort, enfoiré, invectiva-t-il. De quoi parles-tu nom d'un insecte ?

Rat-Mort guetta un signe de son roi pour se relever, puis approcha du crapaud avec prudence.

— Tu n'écoutes jamais ce que l'on te dit ? Depuis le début je te dis que tu es une grenouille, mais tu ne me crois pas.

— Ma douce princesse, continua la libellule, je t'attends depuis mon couronnement, et te voilà enfin.

— Princesse ? se demanda le crapaud. Mais, l'arbre magique a fait de moi un roi.

Le roi libellule s'avança pragmatiquement tout en tendant ses deux pattes avant, escomptant du crapaud un geste de sa main, qui ne vint pas. Il sentit le désarroi dans son regard ; le crapaud venait d'apprendre une bien mauvaise nouvelle. Le saule se serait-il joué de lui ?

Il se rappela son entrée au sein du royaume, toutes ses mésaventures, mais surtout la réaction des animaux de la cité. Ils le prenaient pour une femelle, tous sans exception. Il se sentit abattu, enfin, elle se sentit abattue, en plein désarroi, perdue dans ses pensées moribondes. Pourquoi le saule avait-il fait de lui, elle plutôt, une princesse ? Et pourquoi lui avoir dit d'aller conquérir ce royaume, d'en devenir le monarque ?

Non, non et non, il y avait forcément un malentendu.

— Viens à moi ma princesse, que tu deviennes ma reine, ma moitié. Viens à moi pour que l'amour inonde nos vies, l'amour avec un grand A, tout simplement.

Le crapaud sursauta, il sortit de sa torpeur.

— D'aucune façon, je suis un crapaud, et non une grenouille. Et toi, tu es une libellule géante, tu ne peux pas épouser un batracien. Et toi Rat-Mort, c'est quoi cette histoire ? Tu es de mèche avec cet insecte ?

— Pour tout t'avouer, répondit le rat, oui.

— Et c'est tout ? s'insurgea Son Altesse mon bon Roi Sire Crapaud VIII le Majestueux. Raconte-moi tout avant que je t'écrase telle la vermine que tu es.

— D'accord, rétorqua-t-il laconiquement. J'ai rencontré cette libellule peu de temps avant toi, je dois dire que je t'ai loupé de peu. Il réclamait le trône, clamant haut et fort être le nouveau monarque, comme il arrive fréquemment. Pourquoi lui ? Aucune idée, pour ça, il faut lui poser la question.

Le crapaud et le rat se tournèrent vers le roi libellule. Ce dernier souffla et répondit le plus précisément possible :

— Le saule pleureur magique a effectué son sort alors que j'étais sur l'une de ses branches à l'arrière de ce dernier. Je fus par conséquent touché par celui-ci. Nous étions donc deux en course pour le trône. J'ai vite compris cela, car en te rendant intelligent, il m'a également rendu intelligent. La différence entre nous deux, c'est mes ailes. Je suis parvenu en premier à Bêêêêêêcité, et j'ai rencontré cette chose infecte, ce rat puant. Dès mon arrivée dans ce royaume, il me manquait quelque chose : toi, ma future reine. Pourquoi toi ? Aucune idée, il faut le demander à l'arbre. Mes avis qu'il n'est pas très bon magicien cet arbre, deux pour un même sort était contradictoire. Le premier arrivé devenait roi, l'autre princesse, tout simplement.

Le rat se gratta les couilles.

Le crapaud n'en revenait pas, que ce soit du grattage et du discours. Le roi libellule continua son récit :

— Ma grande vitesse m'a permis d'être couronné roi, sans le savoir bien entendu. Mais ma princesse me manquait, toi. Rat-Mort m'a donc proposé son aide. Le marché était simple, toi contre sa liberté.

— Hé ouais, insista le rat après avoir relâché l'emprise sur ses testicules. Deux ans que je suis considéré comme un pestiféré pour un tout petit souci...

— Tu as décimé un quart de Bêêêêêêcité. Et c'est légitime d'être considéré comme un pestiféré quand on a propagé la peste. Tu n'es qu'un monstre, tu as orchestré un génocide.

— Une minuscule morsure bien méritée, s'énerva le rat, ce n'était qu'une minuscule morsure, et j'étais bourré aussi...

— Et tu as transmis la peste.

— D'accord ma grenouille, inutile de rentrer dans un débat déjà clos.

— Effectivement, reprit le roi libellule, maintenant mes tourments ne sont plus, grâce à lui.

— Oui, réfléchit le crapaud. Très bien, tu m'as retrouvé au mon bon roi, sauf que lui il a foutu le bordel dans ton royaume...

— Une simple petite vengeance, coupa le rat. Ces enfoirés l'ont mérité.

Le crapaud n'en pouvait plus de ses sornettes exponentiellement aberrantes. La libellule a laissé le rat orchestrer sa révolution pour le récupérer lui, enfin, elle ? Il aurait été un bien meilleur monarque, il en était persuadé. Il devait quitter ce lieu au plus vite et rejoindre l'arbre pour lui réclamer des comptes.

— Ma liberté, vociféra le rat.

— Ma reine, souffla la libellule.

— Allez vous faire mettre, rétorqua le crapaud avant de prendre la poudre d'escampette.

La fenêtre derrière le roi libellule était ouverte. Il s'y engouffra et sauta, amortissant sa chute de ses pattes arrière. Il quitta le château sous les hurlements de détresse du monarque ailé.

* * *

Le crapaud n'éprouva aucune difficulté à fuir Bêêêêêêcité. La révolution faisait rage, et toutes les forces armées du royaume étaient sur le qui-vive. Même les gardes abandonnèrent l'entrée pour venir mater la rébellion.

Il retrouva facilement son chemin et quitta le royaume.

Il retrouva tout aussi facilement son chemin vers sa mare, nostalgique.

Il attendit un signe, les pattes dans la mare, signe qui ne daigna venir. Il dut poireauter deux bonnes heures avant de voir se former sur l'arbre des yeux et une bouche. Le saule pleureur magique souffla tout l'air de ses...

— Comment as-tu nommé ton royaume ?

— Mon royaume ? Espèce d'abruti, une libellule est arrivée avant moi et s'est proclamée roi. Et moi ? Bah moi, je suis censé être une princesse, future reine du royaume de Bêêêêêêcité. Comme c'est fort drôle, un roi libellule et une reine crapaud. Tu es un marrant l'arbre. Pourquoi ?

Le saule souffla de nouveau tout l'air de ses...

— Je rate tout ce que j'entreprends, absolument tout.

— Tu rates tout ? Tu te fous de moi.

— Non, enfin, je ne pense pas.

— C'est un bordel ce royaume.

— Je sais. J'ai créé cette cité pour que les animaux vivent en harmonie entre eux, mais c'est tout l'inverse. J'ai chaque fois placé un monarque d'une espèce différente, mais chaque fois, c'était pire. Je me suis dit qu'un crapaud ferait l'affaire.

— Sauf que c'est une libellule.

— Oui, elle devait être présente lors du sort. Je suis vieux et fatigué. Mais bon, facile de se plaindre quand on est lent.

— Lent ? Nom d'un insecte, c'est une blague.

— Je suis persuadé que tu seras une reine parfaite...

— Jusqu'au prochain roi.

— Non, j'abandonne. Je suis trop las de mes échecs. Celui-là sera le dernier roi, puis le royaume sombrera dans la violence avant de disparaître.

— Donc... donc, bafouilla le crapaud, je vais être sa reine jusqu'au bout ? Pendant des années ?

— J'en ai bien peur, souffla l'arbre. Désolé pour ta nouvelle vie. Pour te rassurer, j'ai gâché de nombreuses vies.

Le crapaud n'était pas rassuré.

Le crapaud avait une idée en tête.

Le crapaud mit son idée à exécution.

Le roi libellule se sentait perdu, sa reine avait disparu. Rat-Mort lui soumit une idée pour la retrouver : retourner à l'origine du problème, le saule débile, comme l'avait baptisé le rat.

Le roi libellule quitta donc Bêêêêêêcité, qu'il renomma Libellulecité, en direction de l'endroit où tout a commencé.

Il se posa à l'aide de ses six pattes devant le saule pleureur magique. Dans l'entourage du tronc étaient éparpillés des habits royaux en lambeau. Il leva ses immenses yeux verts.

Sur une des branches de l'arbre pendait le corps inerte du crapaud. Il avait noué des morceaux entre eux pour former une corde, et avait mis fin à ses jours, qu'il prédisait misérable en compagnie d'un roi insecte.

Le crapaud avait mis fin à ses jours, pendu à l'arbre qui le transforma en princesse.

Le roi libellule ne hurla pas, ne pleura pas. Il s'effondra dans la mare, sans jamais en ressortir.

La noyade était ce qu'il arriva de mieux à ce pauvre monarque éperdument amoureux d'un crapaud princesse.

La haine venait de tuer le crapaud, l'amour avait anéanti la libellule.

Ainsi se termine l'histoire du crapaud qui rêvait d'être roi mais qui devint princesse. Histoire de conquête, de rêve et d'amour illusoire. Conclusion funeste d'une fable cruelle animée par la magie chimérique d'un vieil arbre gaffeur.

Conte moderne et ancien en même temps.

Ainsi se termine une histoire.

Ainsi se termine cette histoire.

FIN